KB158132

가장 가난하고 소외된 이들의 아버지

소 알로이시오 신부

옮긴이 박우택

1957년 12월, 당시 성균관대학교 영문과를 다니다 휴학 중이던 그는 부산 중앙성당에서 소 알로이시오 신부를 처음 만났다. 소 신부가 한국에 온 지 겨우 10여 일 되던 때다. 그 때부터 소 신부에게 한글을 가르치면서 인연을 이어간 그는 군 제대 뒤 본격적으로 소 신부와 함께 생활하면서 소 신부의 모든 사업과 운영에 참여했다. 한평생 가까이에서 소 신부를 보좌한 그는 소 신부가 쓴 책들을 번역하고, 〈소년의 집〉 부속 고등학교와 대학 (알로이시오 전자공업전문대학. 1982년에 폐교)에서 학생들에게 영어를 가르치기도 했다. 그동안 번역한 책으로《굶주린 자와 침묵하는 자》(가톨릭출판사, 2000년), 《가난은 구원의 징표이다》(가톨릭출판사, 2002년), 《가난한 사제의 선물》(가톨릭출판사, 2004년), 《가난한 사 람들에게 바친 열정》(가톨릭출판사, 2007년) 등이 있다.

가장 가난하고 소외된 이들의 아버지

소 알로이시오 신부

개정판 1쇄 펴냄 2016년 7월 5일
개정판 2쇄 펴냄 2017년 1월 20일

지은이 소 알로이시오(Aloysius Schwartz)
옮긴이 박우택

펴낸이 김선영
펴낸곳 책으로여는세상

출판등록 제2012-000002호
주소 (우)410-912 경기도 양평군 강상면 강상로 476-37
전화 070-4222-9917 | 팩스 0505-917-9917 | E-mail dkahn21@daum.net

ISBN 978-89-93834-45-1 03840
ⓒ마리아수녀회

책으로여는세상

좋·은·책·이·좋·은·세·상·을·열·어·갑·니·다

*잘못된 책은 사신 곳에서 바꿀 수 있습니다.
*이 책에 실린 모든 글과 사진은 〈책으로여는세상〉의 동의 없이는 사용할 수 없습니다.

이 도서의 국립중앙도서관 출판시도서목록(CIP)은 서지정보유통지원시스템 홈페이지(http://seoji.nl.go.kr)와 국가자료공동목록시스템(http://www.nl.go.kr/kolisnet)에서 이용하실 수 있습니다.(CIP제어번호: CIP2016015493)

| 가장 가난하고 소외된 이들의 아버지 |

소 알로이시오 신부

소 알로이시오 지음 | 박우택 옮김

책으로여는세상

당신을 통해 주님의 현존을 믿나이다

박완서(작가)

마리아수녀회와 〈소년의 집〉에 대해 알게 된 것은 20여 년 전 일이다. 모니카 수녀님을 통해서였다. 나는 그곳에서 가정을 잃게 된 아이들을 어떻게 기쁘게 받아안고 최대한 가족적인 환경에서 성장시키는지에 대해서뿐 아니라, 미혼모들이 수치심을 극복하고 안전하게 출산을 할 수 있도록 도와주는 일까지 하고 있다는 걸 소상히 알게 되었다.

멀리서지만 애정과 관심을 가지고 지켜보는 동안에 '아! 여기 계시는 수녀님들이야말로 혼인하지 않고 아이를 낳은 미혼모로구나' 하고 가슴 짠하게 깨닫게 되었다. 그 정도로 그곳 수녀님들의 아이들에 대한 사랑은 진국스럽고 헌신적이었고, 다자녀를 둔 엄마답게 고달파 보이기도 했지만 늘 기쁨을 잃지 않고 씩씩했다.

나는 수녀님들에게 감동한 나머지 '아이들의 아버지는 누굴까?' 하는 생각은 해보지도 않았고 알려고도 하지 않았다. 전에도 소 알로이시오 신부님에 대해선 모니카 수녀님을 통해 몇 번 들은 일이 있지만, 나는 그저 무심히 들어 넘겼다. 그런데 이번에 새로 출간하게 된 증보판을 읽으면서 거의 전율에 가까운 감동을 맛보았다.

1957년 신부님이 부산 교구의 선교 사제로 우리나라에 들어오실 당시만 해도 우리들 자신도 우리의 미래에 대해 희망을 발견하지 못하고 그날그날의 생존에만 급급할 때였다. 신부님은 여의도 공항에 내린 순간부터 6·25 전쟁 후의 우리나라 모습을 생생하고도 소상하게 그리고 있다. 누더기와 땟국과 멍 자국에 얼룩진 아이들의 얼굴은 거지에 지나지 않았다고 극심한 가난을 묘사하고 있지만, 그 속에서 희망을 발견한 신부님의 따뜻한 시선이 없었다면 책을 덮고 말았으리라.

우리나라 밤하늘의 아름다움을 묘사한 부분에서는 '우리에게 가진 것이 가난밖에 없었지만 하늘이 있었구나!' 하는 안도감이 들었고, 그걸 발견해주신 소 신부님께 절로 고개가 숙여지고 인간적인 친밀감이 우러났다. 무엇보다도 가난한 이 나라 사람들에게서 빛나는 유머와 생명력과 열정을 발견해주셨던 신부님에게 진심으로 감사를 드린다. 오히려 자신의 고향인 미국의 지나친 풍요를 혐오하고 비판하며, 부자 나라에서 돈을 얻어다가 가난한 나라에다 보태주는 데 그치지 않고, 자립심을 키워주고 사랑과 용기를 불어넣어주신 높은 정신이 이 나라를 이렇게 잘사는 나라로, 부끄럽지 않은 나라로 만들어주었다는 걸 저절로 인정하게 되는 것도 이 책을 읽는 큰 기쁨이다.

글 사이사이 신부님이 손수 찍으신 사진을 오래 들여다보았다. 사진은 마치 이야기를 걸 듯 많은 표정과 사연을 지니고 있다. 또한 지금보다 훨씬 가난하고 단순소박하게 살았던 시절에 대해 향수에 가까운 그리움을 일게 하고, 평생을 청빈하게 지내신 그 분의 생활태도에 진정한 스승의 모습을 느끼게 한다.

소 알로이시오 신부님, 사랑합니다.
당신을 통해 주님의 현존을 믿나이다.

2009년 9월 15일 아차산 기슭에서

가난한 사제의 선물

부산 〈소년의 집〉과 서울 〈소년의 집〉을 알고 있는 사람은 많지만 막상 이 사업을 시작한 소 알로이시오 신부를 아는 사람은 많지 않다. 혹 알았다고 해도 선종한 지 17년이 지났으니 특별한 관계가 없는 한 사람들의 기억 속에서 잊혀가는 인물이 되었다.

1975년에 훈장 동백장을, 1983년에는 막사이사이상을 수상했고, 두 번에 걸쳐 노벨평화상 후보로 추천되었던 그는 한국 사회에서는 생소했던, 교육시설을 갖춘 대단위 아동복지시설인 소년의 집 사업으로 1970년대와 1980년대에 언론에 크게 소개된 인물이다. 나는 그의 한국 사랑, 특히 가난하고 버림받은 아이들과 불쌍한 사람들을 위한 헌신과 공덕을 사람들에게 다시 한번 상기시키자는 뜻에서 그가 쓴 자서전적 이야기를 번역하게 되었다.

1992년 3월 16일 선종한 소 신부는, 선종하기 2년 전인 1990년 2월 1일, 로마 교황청으로부터 몬시뇰가톨릭 교회의 고위 성직자에 대한 경칭 칭호를 받았다. 그러나 지극히 겸손했던 그는 계속 신부로 불리기를 좋아해 사람들에게는 소 알로이시오 신부 또는 소 신부로 더 많이 알려져 있다.

소 신부는 1957년 12월 초에 천주교 부산 교구에 적을 둔 선교 사제로 한국에 처음 입국했다. 그러나 한국에 온 뒤 어학 공부와 한국 사회에 적응하는 시기에, 그의 말을 빌리면, '한국을 사랑하는 달콤한 신혼과 같은 시기'에 갑자기 간염을 앓게 되었다.

주위 사람들은 미국으로 돌아가 치료를 하고 돌아오라고 했지만, 14년이라는 긴 세월의 준비 끝에 천주교 사제가 되어 찾아온 한국을 떠나기 싫었던 그는 1년 넘도록 온갖 노력을 다해 병을 고치려고 했다. 하지만 당시 한국의 열악한 의료 시설과 생활환경 때문에 건강은 호전될 기미가 보이지 않았다. 결국 부산 교구 최재선 주교의 권유로 마지못해 요양을 위해 미국으로 돌아가야만 했다.

미국에서 몇 달간 요양 후 건강이 어느 정도 좋아지자 소 신부는 지체하지 않고 한국의 가난한 사람들을 위한 모금 활동을 시작했다. 그리고 부산 교구 최재선 주교를 미국으로 모셔 함께 모금 활동을 하여 성공적인 결과를 얻기도 했다.

이 책에서 소 신부는, 가난한 시골 출신이며 소 신부 자신의 장상이었던 최재선 주교가 생전 처음 '세계의 보물창고'라고 일컫던 미국에 발을 디딘 후 모금 활동을 위해 전역을 돌아다니면서 겪은, 이질적인 미국 문화에 얽힌 여러 가지 에피소드를 코믹하게 묘사하고 있다. 그리고 한편으로는 미국의 지나친 풍요를 비판하고 있다.

약 2년 6개월 동안 요양과 모금 활동을 한 소 신부는 1961년 성탄을 앞두고 최재선 주교와 함께 그토록 돌아오고 싶어 했던 한국에 다시 오게 된다. 한국에 돌아오기 전, 소 신부는 모금 활동을 영구적으로 계속하기 위해 미국 워싱턴에 한국자선회라는 모금 기관을 설립한다.

이 책의 1부에서 소 신부는, 신부가 되고 싶었던 꿈, 그중에서도 가난한 나라에서 가난한 사람들을 위한 가난한 선교 사제가 되고 싶었던 자신의 꿈이 실현되어 가는 과정을 자세히 소개하고 있다.

생소한 동양의 한국을 자신의 선교지로 택한 후, 일본 하네다 공항을 거쳐 서울 여의도 공항에 도착하고, 다시 서울역에서 야간열차를 타고 부산역에 그리고 마지막으로 중구 대청동에 있는 중앙성당의 주교관에 도착하는 과정에서, 소 신부는 직접 목격한 가난한 한국의 실상과 부산에 도착한 뒤 경험한 가난한 사람들의 궁핍과 절망적인 생활 모습을 생생하게 묘사하고 있다.

그러나 무엇보다도 독자들이 눈여겨봐야 할 대목은, 비참하고 가난한 사람들의 삶을 보고 마음 아파하고 불쌍히 여기는 데 그치지 않고, 그들 가운데 뛰어들어 그들과 함께 숨쉬고, 그들의 가난을 대변하고, 그들의 삶을 향상시켜주려고 구체적인 계획을 세워 그리스도의 사랑을 실천한 소 신부의 박애정신이다.

2부에서 소 신부는 한국의 가난한 사람들을 돕기 위해 시작한 사업들의 운영 과정을 설명하고 있다. 특히, 마리아수녀회를 창설해 힘없고 버림받은 사람들을 위한 복지사업과 그중에서도 남의 도움 없이는 살아갈 수 없는 불쌍한 아이들을 가장 효과적으로 돌보고 성장 후 자립시키는 소년의 집 사업을 시작하게 된 과정을 자세히 보여주고 있다.

그리고 소 신부는 자신이 피부색이 다른 외국인이라는 사실도 잊은 채 약자를 보호하겠다는 가톨릭 사제로서의 사명감에서 사회적 불의, 무엇보다 약하고 힘없는 아이들에게 가해진 불의를 보고 참지 못해 이를 고발하고, 이에 대항해 싸우는 모습도 보여주고 있다.

소 신부는 생전에 부산에서 소년의 집과 알로이시오 중·고등학교, 영아원, 우리나라 최초의 무료 병원인 구호병원, 미혼모를 위한 모성원, 행려환자 구호소를 운영했고, 서울에서도 소년의 집과 알로이시오 초등학교, 무료 병원인 도티기념병원, 노숙자 시설인 은평의 마을 등을 마리아수녀회 이름으로 설립해 운영했다. 그리고 1985년 이후에는 소년의 집과 학교 사업을 필리핀과 멕시코까지 넓혀 나갔다.

소 신부는 1992년 3월 16일, 만 61세의 나이로 필리핀 마닐라에 있는 소녀의 집에서 선종했다. 그리고 그의 무덤은 필리핀 까비떼 비가에 있는 마리아수녀회 소녀의 집 안에 있다.

소 신부가 창설한 마리아수녀회는 소 신부의 선종 뒤에도 계속 소년의 집과 학교 사업을 발전시켰고, 지금은 과테말라와 브라질까지 진출시켜 불우한 청소년들에게 무료로 의식주와 정규교육, 직업교육을 제공하고 있다.

가난한 사람들을 위해 일생을 바친 한 사제의 감동적인 이야기를 통해 많은 사람들이 기쁨과 평화의 위안을 얻기를 빈다.

2009년 8월 21일 박우택

Part 2 가난한 아이들의 아버지가 되다

Part 1

가난한 나라의
가난한 신부를 꿈꾸다

춥고 배고픈 나라,
한국에 가다

구두닦이 소년들이 어깨에 구두통을 둘러메고 어떤 건물 앞
에서 추위에 떨며 서 있었다. 입은 것이라고는 얇고, 누더기를 댄 해진 검정
무명옷 한 벌이 모두였다.

전깃불이 나갔다. 시베리아와 만주 벌판을 가로질러 수천 킬로미터를 날아온 찬 겨울바람이 창틀 사이에서 위이잉 소리를 내며 유리창을 계속 달그락거렸다. 뒷머리와 목덜미에 찬 기운이 느껴졌다. 어깨에 덮고 있던 담요를 머리까지 뒤집어쓰니 마치 두건을 쓴 것 같다.

책상 위에는 한 가닥 촛불이 창틈으로 들어오는 바람에 미친 듯이 춤을 추고 있다. 책상 앞 회벽 위에 나무 십자가가 걸려 있고, 십자가에 매달린 예수님의 금속 몸체가 붉은 은빛을 내고 있다. 십자가 위 천장에서는 빛과 그림자가 발작하듯 불규칙적으로 교차한다.

한국에 온 지 이틀째 되는 밤이다. 이 짧은 시간 동안 내게 강한 충격으로 다가온 한국의 첫인상과 내가 본 것, 들은 것 그리고 느낀 것들이 스쳐 지나갔다. 그러나 막상 책상에 앉아 몇 줄 쉬운 글로 쓰려고 하니 마치 슬롯머신의 기계가 정신없이 돌 듯 뱅뱅거리기만 할 뿐 아무것도 잡히지 않았다.

뜨거운 촛농이 심지 주위에 고였다가 소리 없이 몸뚱이를 따라 흘러내리고, 방 안의 희미한 분위기는 오히려 아늑한 느낌을 준다. 어느새 머릿속에서 뱅뱅 돌던 생각들이 조금씩 정리되기 시작한다.

초가와 민둥산의 나라

이틀 전, 60여 명의 손님을 태운 노스웨스트 항공기가 아침 6시가 조금 지난 시각에 일본 하네다 공항을 날아올랐다. 비행기는 공항 주위를 느리게 돈 뒤 북서쪽에 있는 한국을 향해 전속력으로 날기 시작했다. 하늘은 맑고 푸르렀으며, 밝은 햇살이 비행기의 은빛 날개 위에 쏟아졌다. 잠시 뒤 비행기는 웅장한 후지 산의 눈 덮인 꼭대기 위를 날았다. 장엄하게 보이는 산 모습이 수정 같은 푸른 하늘과 대조되어 황홀할 정도로 아름다웠다.

비행기는 흔들림 없이 날았고, 객실 분위기는 차분했다. 사람들은 들뜬 기분으로 서로 이야기를 나누었다. 비행기가 날기 시작한 지 2시간쯤 되었을까, 창밖을 내려다보니 흰 거품이 일고 있는 한국의 바닷가가 보였다. 얼마 뒤 나무 한 그루 없는 민둥산과 산자락에 초가들이 옹기종기 모여 있는 시골 동네와 암갈색의 겨울 보리밭이 보였다. 마치 망원경을 뒤집어서 보는 것처럼 모든 물체가 실물이 아닌 듯 느린 동작으로 다가왔다.

누군가가 옷소매를 잡아당겼다. 일본인 여승무원이 안전띠를 매라고 했다. 벨트를 매고 자세를 바로 한 뒤 비행기가 내려앉기를 기다렸다. 갑자기 고도를 낮춘 비행기는 활주로를 향해 쏜살같이 날았다. 바퀴가 활주로에 부딪치고, 두세 번 위로 튕기듯 하더니 엄청난 소리를 내면서 내려앉았다. 그리고 속도를 줄인 다음 천천히 여의도 공항 터미널로 이동했다.

환기가 안 되던 기내를 벗어나 밖으로 나오자 공기가 맑고 신선했다. 사람들을 따라 임시청사인 듯한 나무로 된 가건물 안으로 들어갔다. 대충 적은 신고서로 입국 수속은 간단히 끝났고, 출구 쪽 카운터에 놓인 나의 군용 가방을 집어 메고 건물 밖으로 나왔다. 세관의 짐 검사가 없었기 때문에 입국 수속은 5분도 걸리지 않았다.

공항 밖에는 택시로 사용하는 대여섯 대의 미제 고물 시보레 승용차가 기다리고 있었다. 버스는 전혀 보이지 않았다. 한 운전사에게 말을 걸어보았지만 영어를 알아듣지 못했다. 세 번째 운전사가 영어를 알아들어 시내로 가자고 했다. 막 떠나려는 참인데 한 젊은이가 뛰어와서는 나를 보며 어색하게 웃더니 운전사 옆자리에 앉았다.

포장이 안 된 길은 온통 구덩이투성이였다. 차는 계속 덜커덩거리며 달렸다. 운전사와 자동차 사이에 감정의 흐름이라고는 조금도 없는 듯 각자 따로 놀았다. 운전사는 차를 마치 완고한 짐승처럼 거칠게 다루었다. 빠른 속도로 달리는 자동차 꽁무니에서는 짙은 흙먼지 구름이 뒤따랐다.

운전사에게 은행에서 돈을 바꿔줄 수 있는지 물어보았다. 잠시 뒤 바보 같은 부탁을 했다는 사실을 알게 되었다. 운전사는 은행이 아닌 어떤 골목 들머리에 차를 세우더니 20달러짜리 지폐를 갖고 어디론가 사라졌다. 잠시 뒤 지저분한 지폐 한 뭉치를 신문지에 싸서 가져왔다. 1만 8천 환이었다. 공정환율 5백 대 1로 바꾼 것보다 8천 환이 더 많았다. 한국에 도착한 지 겨우 1시간 만에 비록 뜻한 것은 아니지만 암시장의 관행을 배우게 된 셈이었다.

택시는 서울역에 도착했다. 운전사가 요구한 택시비 5천 환을 세는 동안 그는 즐거운 표정으로 나를 쳐다보고 있었다. 나는 부탁이 하나 더 있었다. 가까운 시간에 부산으로 떠나는 기차표를 사 달라고 했다. 1등 칸이 아니고 가장 싼 것이라 말했더니 3등 칸을 말하느냐고 되물었다. 그게 가장 싼 것이라면 좋다고 했다. 그러자 운전사는 이렇게 말했다.

"신부님은 한국 기차의 3등 칸이 어떤 것인지 잘 모릅니다. 난방도 안 되고 지저분하고 냄새가 나서 도무지 견디지 못할 겁니다."

그러면서 결코 3등 칸 표는 사줄 수 없다고 했다.

"정 그렇다면 2등 칸을 사주시오. 그리고 이 사람들과 부산역에서 만날 수 있도록 이 주소로 전보도 쳐주시오."

잠시 뒤 운전사는 기차표와 전보 영수증을 갖고 돌아왔다. 그리고 내가 타고 갈 기차가 저녁 6시에 떠난다는 정보도 갖고 왔다. 시계를 보니 11시 55분이었다. 운전사는 심부름에 대한 수고비를 받기 위해 계속 주위를 서성거리고 있었다. 그러나 나는 수고비를 줄 생각이 전혀 없었다. 공항에서 역까지 오는데 이미 바가지요금을 받았고, 돈을 바꾸면서 수고비를 뗐고, 기차표를 사고 전보를 보내면서 또 웃돈을 챙겼기 때문이었다. 군용 가방을 역 수화물

보관소에 맡겨도 될지 운전사에게 물어보았다.

"물론 맡길 수 있겠지요. 다시 찾지 않으려면 말이죠."

"그럼, 가방을 어떻게 하는 것이 좋겠소?"

"신부님, 내 차 트렁크에 싣고 다니다가 기차가 떠나기 전에 역에서 만나 건네 드리면 어떨까요?"

나는 말없이 운전사의 얼굴을 쳐다보았다.

"신부님은 저를 못 믿는군요?"

"아니요, 믿소. 그렇지만 내가 가지고 다니는 게 더 낫겠소. 날씨가 추워 가방을 메고 다니다 보면 몸에서 열이 나 덜 추울 것 같소."

헐벗음과 추위가 점령한 도시, 서울

서울에 도착한 날은 1957년 12월 8일이었다. 당시 한국의 모습은 세상의 종말처럼 보였다. 4년 전, 한국전쟁은 불확실한 휴전 상태로 끝이 났다. 그러나 한국은 여전히 전쟁의 참화로부터 회복하지 못하고 있었다. 전쟁 때문에 2백만 명 이상이 목숨을 잃었다고 했다. 또 수십만 명이 집을 잃었고, 수만 명의 아이들이 고아가 되었다고 했다.

운전사와 악수를 한 뒤 역을 빠져 나와 서울 구경에 나섰다. 당시 서울의 인구는 약 170만 명이었는데, 백화점과 사무실 빌딩, 호텔, 다방들이 늘어선 도심지는 그런대로 보기가 좋았다. 그러나 큰길을 벗어나 작은 길로 들어서자 갑자기 분위기가 음침하고 차갑게 바뀌었다. 발길 닿는 곳은 어디나 쓰레기더미투성이였고, 그 옆으로는 사람이 산다고 믿기지 않을 정도로 형편없는 오두막과 판잣집들이 즐비했다.

겨울 날씨는 그들의 삶을 더욱 비참하게 만들고 있었다. 중국 만주 벌판에서 불어오는 살을 에는 듯한 겨울 찬바람 때문에 체감 온도는 늘 실제 온도보다 10도 가량 낮았다.

구두닦이 소년들이 어깨에 구두통을 둘러메고 어떤 건물 앞에서 추위에 떨며 서 있었다. 입은 것이라고는 얇고, 누더기를 댄 해진 검정 무명옷 한 벌이 모두였다. 아이들은 대부분 고무신을 신고 있었고, 어떤 아이는 양말을 신었지만 어떤 아이는 맨발이었고, 어떤 아이는 양말 한 짝만 신었고, 또 다른 아이는 짝이 맞지 않는 양말을 신고 있었다.

한 은행 건물 계단에는 두 아이가 고무신 한 켤레를 가운데 두고 한 아이는 오른발에 다른 아이는 왼발에 한 짝씩 신고 있었다. 두 아이는 햇볕을 쬐면서 몸을 따뜻하게 하고 있는 중이었다. 추위 때문에 눈물이 맺힌 두 아이는 춥다는 듯한 말을 중얼거리며 고통스러운 표정을 짓고 있었다.

골목에 있는 도랑에는 정화되지 않은 하수가 시커멓게 고여 있었고, 쥐 한 마리가 부푼 몸통을 끌고 도랑을 따라가다가 텀벙 소리를 내며 물속으로 사라졌다. 골목 양쪽에 늘어선 집들은 거의

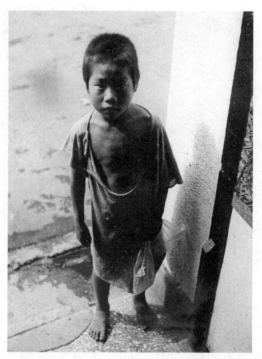

헐벗고 굶주린 아이들은 그렇게 거리에 방치되어 있었다.

골목 양쪽에 늘어선 단칸 판잣집들

나무와 콜타르 종이와 천막 조각과 마분지와 깡통으로 만든 단칸 판잣집들이었다.

　나는 강인지 운하인지 모를 큰 개천청계천 위에 놓인 다리까지 걸어갔다. 얼음이 엷게 얼은 시커먼 시궁창 물이 담긴 웅덩이가 여기저기 보였다. 그리고 개천 양쪽 둑에는 판잣집들이 줄지어 서 있었다.

　다시 1백 미터쯤 걷다가 또 다른 다리를 건너 동네 가운데로 들어섰다. 나무로 된 가건물 앞에 사람들이 길게 줄을 서 있었다. 그 건물 뒷마당에는 몇 개의 천막이 쳐져 있었고, 그 앞에는 저마다 여러 가지 모양의 그릇과 깡통을 든 사람들이 서 있었다. 나무로 된 가건물에는 'NCWC FEEDING STATION미국천주교구제회 무료 급식소'라고 쓴 간판이 걸려 있었다. 열린 문틈으로 연기와 김이 새 나오고 있었다.

　다시 큰길로 나왔다. 양쪽 인도는 사람들로 빈틈이 없었고, 지나는 택시마다 경적을 울려 거리는 온통 시끄러운 소리로 가득했다. 포대기로 어린 여자 아기를 업은 한 소년이 나를 향해 걸어왔다. 여자 아기의 머리카락은 엉켜 붙어 있었고, 아기를 업은 소년의 옷은 더 이상 해질 곳이 없을 정도로 낡아 있었다.

　내 눈길을 끈 것은 소년의 표정이었다. 이 세상의 온갖 슬픔과 불행을 아무 불만 없이, 아무 반항 없이 받아들이는 듯한 표정이었다. 소년은 걷기를 멈추고 잠시 머뭇거렸다. 그러다가 갑자기 바삐 지나는 행인들 다리 사이로 몸을 숙이고는 곧바로 차가운 길바닥에 옆으로 드러누웠다. 아기는 여전히 소년의 등에 업혀 있었다.

어떤 사람이 몸을 숙여 10환짜리 지폐를 놓고 갔다. 소년은 마치 상처 입은 동물처럼 길바닥을 아무 반응 없이 쳐다보고 있었다. 돈을 받아 쥘 동작도 하지 않았다. 어떤 사람이 등에 업힌 아기의 손에 돈을 쥐여 주었다. 돈을 쥔 아기는 장난질을 하다가 길바닥에 던져버렸다. 잠시 뒤 나이든 한 부인이 허리를 굽혀 소년의 팔을 붙들어 일으켜 세웠다. 찬 땅바닥에 누워 있는 것을 점잖게 나무라는 것 같았다.

소년은 말없이 일어서더니 아기와 자신을 짓누르는 고통의 무게 때문에 몸을 앞으로 숙인 채 사람들 속으로 사라졌다. 소년이 누웠던 자리에는 지폐 한 장이 바람에 나부끼며 그대로 놓여 있었다.

가난하지만 순박한 사람들

한참 걷다 보니 배가 고팠다. 먹은 것이라곤 8시간 전에 비행기에서 먹은 커피와 스크램블한 계란이 모두였다. 주위를 살펴보니 골목 한 모퉁이에 구멍가게가 있었다. 1백 환을 내고 초콜릿 과자를 샀다. 포장을 벗기고 한입 깨물었더니 곰팡이 냄새가 심하게

너 나 할 것 없이 가난했던 시절

아이들은 몇 푼의 동냥을 받기 위해 온종일 엎드려 있기도 했다.

나고 지독히 썼다. 놀라 입에 든 것을 그대로 내뱉고 나머지도 길에 버렸다. 순간, 멀리서 내 행동을 보고 있던 한 여자아이가 쏜살같이 달려와서는 과자를 집어 한입에 먹어버렸다. 그 모습을 본나는 얼굴이 화끈거렸다.

몇 발짝 가니 허름한 식당이 나타났다. 안으로 들어가자 낡은나무 식탁과 삐걱거리는 긴 의자가 놓여 있었다. 안은 그렇게 넓지도 않고 깨끗하지도 않았다. 그러나 바깥 추위를 피해 식당 안으로 들어서자 따뜻한 실내 공기가 한결 좋았다.

식탁은 여섯 개 정도 놓여 있었고, 두 개에는 손님들이 앉아 있었다. 내가 의자에 앉자마자, 입심 좋게 이야기하던 사람들이 갑자기 조용해졌다. 사람들은 밥알이 묻은 젓가락을 천천히 입으로가져가면서 몰래 살피는 듯한 눈으로 나를 쳐다보았다.

한 소녀가 내가 앉은 식탁으로 왔다. 주문을 받으러 온 것이 틀림없었다. 나는 영어로 말했다. 소녀가 알아들을 리 없었다. 하지만 소녀는 재빨리 사라지더니 김이 무럭무럭 나는 만두 한 접시와뜨거운 보리차와 젓가락을 갖고 왔다. 내가 "고맙습니다."라고 한국말로 말했더니 소녀는 입을 손으로 가리고 깔깔 웃었다. 다른사람들도 재미있다는 듯 웃었다.

사람들이 내가 젓가락으로 어떻게 만두를 입에 넣나 보고 싶어나를 빤히 쳐다보고 있다는 것을 느낄 수 있었다. 나는 젓가락으로 찍다시피 해서 만두를 입에 밀어 넣었다. 제대로 된 젓가락질은 아니었지만 그래도 만두를 입에 넣는 데는 성공했다. 만두를 먹고 나니 따뜻한 기운이 몸속에 퍼지는 것을 느낄 수 있었다.

낯선 말소리와 낯선 분위기를 한껏 즐기면서 1시간 정도 식당에 앉아 있었다. 돈을 낸 뒤, 식당을 나서기 앞서 한 손으로 문을 잡고는 뒤돌아서서 큰 소리로 서툰 한국말을 했다.

"안녕히 계십시오. 고맙습니다."

그 말로 내가 알고 있던 한국말의 재고는 바닥이 나고 말았다. 그러나 그 한마디는 식당 안에 있던 사람들에게 더없는 즐거움을 주었고, 그들도 답례의 뜻으로 나를 향해 웃으면서 인사를 했다.

바깥은 어두워져 있었다. 밤하늘에는 밝은 은빛 별들이 빛나고 있었다. 하늘을 쳐다보니 문득 몇 년 전 벨기에 루뱅대학에서 함께 공부했던 장요셉 신부님훗날 마산교구 2대 교구장으로 일하다가 선종한 장병화 요셉 주교이 생각났다. 어느 늦은 저녁, 우리는 잿빛 하늘로 뒤덮인 루뱅 시의 안개 낀 거리를 걸었는데, 그때 장요셉 신부님은 한국의 밤하늘에 대해 이야기했다.

"우리나라 밤하늘은 절대로 암흑색이 아닙니다. 푸른색이 바뀌고 바뀌어 남빛이 되고, 그 다음에는 별이 나타나 반짝입니다."

정말 나는 그렇게 아름다운 밤하늘을 본 적이 없었다. 장요셉 신부님이 아름다운 한국의 밤하늘을 이야기할 때 그의 두 눈에 눈물이 고이던 것이 생각났다. 맞았다. 한국의 밤하늘은 그토록 아

름답고 자비로웠다. 그렇지만 그 아름다움 속에는 지독한 가난이
숨어 있었다.

배고픈 아이들

30분 뒤면 기차가 떠날 시각이었다. 서둘러 역으로 갔더니 시
간이 충분했다. 기차에 올라 떠나기를 기다리고 있는데 영어를 몇
마디 할 줄 아는 차장이 나타나 내가 탄 기차가 부산행이 아니라
고 알려주었다. 그러고는 재빨리 부산행 기차로 안내해주었다. 옮
겨탄 지 5분도 되지 않아 기차가 움직이기 시작했다.

기차는 서울역을 벗어나 대전, 대구, 부산을 향해 달리기 시작
했다. 내뿜는 증기량이 많아질수록 기차의 속도는 빨라졌다. 고
개를 돌려 옆 사람의 얼굴을 살펴보았다. 거친 피부와 주름진 얼
굴에서 오랜 세월 동안 고난을 이겨낸 강한 의지력을 읽을 수 있
었다. 그리고 불평이라고는 전혀 모를 순박한 모습이었다. 하지
만 검은 두 눈동자는 고요한 한국의 밤하늘처럼 슬프고 우울해
보였다.

깜박 잠이 들었나보았다. 기차가 힘찬 증기 소리를 내며 크게
흔들리는 바람에 잠을 깼다. 주머니에서 시계를 꺼내 보니 새벽 3
시 30분이었다. 대구역인 듯했다. 그때였다. 열차 바퀴가 끼~익
하는 마찰음을 내면서 완전히 멈추기도 전에 문이 활짝 열리더니
한 무리의 아이들이 쏟아져 들어왔다. 6살에서 12살쯤 되어 보이

는 10명 정도의 사내아이들이었다.

마치 우리 안에 가둬 놓았던 쥐들을 갑자기 열차 안에 풀어놓은 것 같았다. 아이들은 순식간에 복도를 따라 내달리더니 의자 밑으로, 승객들 다리 사이로 들어가 빈 음료수 병과 빵 조각 그리고 담배꽁초를 찾아 집었다. 빵 조각은 곧바로 입 안에 쑤셔 넣고, 병은 입에 대고 남은 몇 방울까지 마셨다. 그리고 담배꽁초는 허리춤에 차고 있는 주머니에 넣고, 빈 병은 질질 끌고 다니는 마대 속에 집어넣었다.

아이들의 동작은 믿을 수 없을 정도로 빨랐다. 그 바쁜 가운데도 차장이란 이름의 위험인물이 다가오는지 살피기 위해 어깨 너머 문쪽으로 연신 고개를 돌려대고 있었다. 아이들은 모두 누더기 옷을 입고 있었고, 얼굴에는 땟국이 줄줄 흐르고 있었다. 그리고 두 눈은 사나우면서도 겁에 질려 있었고, 쫓기는 동물 같은 표정을 짓고 있는 얼굴은 물고 물리는 그들의 냉혹한 삶을 잘 나타내고 있었다.

한 아이는 주먹으로 맞았는지 얼굴에 검고 푸른 멍이 들어 있었고, 어떤 아이는 코밑이 헐어 있었다. 또 다른 아이의 얼굴은 온통 주름이 잡혀 마치 늙은이 얼굴처럼 보였다.

바로 그때 차장이 문 입구에 나타났다. 아이들은 공포에 질린 표정을 짓더니 전리품을 챙겨 들고 순식간에 기차 밖으로 달아났다. 아이들이 보인 행동의 시작과 끝이 정말 눈 깜짝할 사이에 일

한창 부모에게 어리광이나 부리고 공부해야 할 아이들이
먹고 살기 위해 자루를 메고 길거리를 헤매야 했다.

어나다 보니 실제로 일어난 일이 아니라 꿈속의 한 장면 같기도 했다. 그때만 해도 훗날 내가 바로 이런 아이들과 함께 살게 되리라고는 전혀 생각하지 못했다.

기차가 다시 움직이기 시작했다. 창문에 얼굴을 대고 어둠 속 바깥세상을 바라보았다. 높고 낮은 민둥산이 남빛 밤하늘과 대조되어 선명하게 보였다. 일어서서 화장실로 갔다. 찬물로 얼굴을 씻고 머리를 빗질하고 옷에 묻은 검댕과 먼지를 털었다.

다시 만난 장요셉 신부님

얼마나 달렸을까? 기차가 다시 천천히 달리는 것을 보니 부산역에 들어서는 것 같았다. 새벽 5시였다. 참을성 없이 가방을 들고 기차 통로에서 서성대는 사람들 뒤에 섰다. 기차가 크게 흔들리면서 멈췄다. 내 차례가 되어 플랫폼에 내려서니 두려움과 기대감 때문인지 심장이 마구 뛰었다.

주위를 두리번거리니 장요셉 신부님이 나를 보고 뛰어오고 있었다. 벨기에 루뱅 역에서 작별 인사를 한 지 꼭 3년 만이었다. 당시 부산 교구 중앙성당 주임신부였던 장 신부님은 두 손으로 나를 다정하게 붙들고는 프랑스어로 반갑게 인사했다.

장 신부님을 따라온 1백여 명의 신자들이 우리 두 사람을 에워쌌다. 잠시 뒤 주위가 조용해지자 한 어린 여자아이가 커다란 꽃

다발을 내게 안겨주었다. 사람들이 밝게 웃으면서 박수를 쳤다.

　장 신부님과 나를 태운 지프는 인기척이라고는 전혀 없는 어두운 새벽길을 달려 겨우 몇 분 만에 주교관이 있는 용두산 공원 들머리의 중앙성당에 닿았다. 장 신부님은 곧바로 아침 미사를 드릴 수 있도록 나를 제의실祭衣室로 안내했다. 그 미사는 14년 동안의 준비 끝에 마침내 내가 목표한 마지막 목적지에 도착한 것에 대한 감사 미사였다.

　불이 희미하게 켜진 성당 안으로 남자들은 오른쪽으로, 여자들은 왼쪽으로 들어와 자리 잡는 모습이 보였다. 그 사람들은 방금 나를 마중하러 기차역에 왔던 신자들이었다. 미사가 시작되자 제각기 다른 얼굴을 한 1백여 명의 눈이 내 얼굴에 모였다. 비로소 낯선 나라에 온 낯선 사람임이 처음으로 느껴졌다.

　미사를 마친 뒤 장 신부님은 성당 앞 좁은 마당을 지나 3층으로 된 작은 건물로 나를 안내했다. 그 건물의 1층은 강당이었고, 2층은 교구 사무처와 객실, 3층은 주교 생활관으로 되어 있었다. 3층으로 올라가 주교관 거실문을 두드려 인기척을 하고는 신발을 벗고 안으로 들어갔다.

　최재선 주교님이 주교 전용 성당에서 나오고 있었다. 내가 무릎을 꿇고 주교 반지에 입을 맞추자 밝게 웃는 얼굴로 나를 맞이해 주셨다. 최 주교님은 소년티가 나는 얼굴이었다. 40대 초반이었지만 상당히 젊어 보였다. 최 주교님은 라틴어와 서투른 영어를 섞은 특유의 언어로 내가 부산에 온 것을 환영했다. 그리고 곧바로 부산 교구의 사제 부족에 대해 이야기했다.

당시 부산 교구가 관할하는 인구는 부산과 인근 소도시들을 합쳐 4백만 명이 넘었는데, 10년 전 2만 명이던 신자 수는 약 9만 5천 명으로 늘어났고, 한 해 동안 1만 명 이상의 성인이 영세 입교하고 있는 상황이라고 했다. 더구나 당장 5천 명의 예비 신자가 영세 준비를 하고 있는데, 이들을 가르쳐야 할 신부는 외국인 신부까지 모두 합쳐 겨우 50명밖에 되지 않는다고 했다.

인사를 마치고 주교관을 나서려고 하자 최 주교님은 내게 추수할 것은 많으나 일꾼이 적은 한국에 하루 빨리 더 많은 미국인 신부가 올 수 있도록 초청 편지를 써 달라고 했다.

주교관 옥상으로 올라가 부산시를 내려다보았다. 이제는 나의 도시였다. 나는 내 앞에 놓인, 내가 할 일을 생각해보았다. 갑자기 'Adaptation totale완전한 적응'라는 프랑스 단어가 떠올랐다. 그리고 '로마에 있을 때는 행동뿐만 아니라 생각과 말, 감정, 판단, 느낌까지 로마 사람처럼 하라'는 말이 생각났다. 나는 부산 시내를 쳐다보며 한국 사람들과 함께하는, 완전한 한국 사람이 되자고 다짐했다. 하지만 그것이 그렇게 간단하고 쉬울 것이란 생각은 하지 않았다.

가난한 사람들을 위한
거룩한 부르심

가난한 사람들 가운데서도 가장 가난한 사람들과 함께 살기 위한 준비를 하는 신학생들이, 세계 상위 5%의 부자들의 삶을 누리면서 그 기간을 보낸다는 것을 나는 도저히 받아들일 수 없었다.

프랑스 외인부대 병사들에게 입대 동기를 묻는 것은 금기사항이다. 당혹스런 질문이 될 수 있기 때문이다. 마찬가지로 외방선교회 신부에게는 입회 동기를 묻지 않는 것이 예의다. 어디까지나 개인적인 문제일 수 있고, 또 대답하기 곤란할 수도 있기 때문이다. 그런데도 질문을 받게 되면 대충 다음과 같은 말이 오간다.

"신부님, 어느 교구 소속입니까?"

"부산입니다."

"아리조나의 '투산' 입니까?"

"아니요, 한국의 부산, 부−산 입니다."

"메리놀회 신부님입니까?"

"아니요."

"수도회 소속입니까?"

"아니요, 부산 교구의 신부입니다."

"그럼, 신부님의 주교는 한국인입니까?"

"그렇습니다."

"신부님, 신부님은 미국인으로 한국인 주교 밑에서 사목하는 부산 교구 소속 신부란 말입니까?"

"그렇습니다."

"그것 참, 흔한 일이 아닌데… 신부님은 어떻게 해서 그렇게 되었습니까?"

신부를 꿈꾸다

집안의 종교적 기풍은 내게 큰 영향을 미쳤다. 독실한 천주교 신자였던 부모님은 비록 평범한 분들이었지만 상식과 깊은 신앙심을 갖춘 바른 분들이었다. 고모(아버지의 큰누님)는 워싱턴 교외의 높은 언덕에 있는 수녀원의 원장이었는데, 그 수녀회는 흑인 아이들을 위한 초등학교 초급반을 운영하고 있었다.

고모 수녀님의 이름은 멜프리다였는데, 우리 집안에서는 패니 고모라고 불렀다. 수녀원과 학교가 있던 지역의 이름은 아나코스티아였고, 높은 언덕 위에 있었다. 한 달에 한 번 또는 두 번쯤 해진 뒤에 아버지는 고물 자동차에 가족을 태우고 언덕 위의 패니 고모와 동료 수녀님들을 찾아가곤 했다.

수녀원 생활은 우리가 사는 세상과는 다르게 보였다. 실내는 먼지라고는 찾아볼 수 없을 정도로 깨끗했고, 조용한데다 시원하기까지 했다. 그리고 아주 편안한 분위기였다. 수녀님들이 내놓는 찬 음료수와 과자까지도 집에서 맛본 것보다 훨씬 맛있고 고급스러웠다. 부자라고는 말할 수 없었지만 수녀님들은 틀림없이 풍요롭게 살고 있었다.

수녀원 생활과 부모님이 꾸려가는 우리 집 생활은 퍽 대조적이었다. 우리 집 형편은 하루 벌어 하루 쓰며, 빚 안 지고 근근이 살아가는 정도였다. 우리 가족이 사는 곳은 워싱턴 시의 가난한 사람들이 사는 구역에 속했다. 시끄럽고 냄새나는 그 구역에 사는 사람들은 언덕 위의 수녀원보다 훨씬 힘든 하루하루를 살고 있었다.

어느 날, 나는 그런 식의 수도 생활은 엉터리라는 생각이 들었다. 아마 그때의 생각 때문에 훗날 수도회 신부보다 교구신부 가톨릭 신부는 교구 소속과 수도원 소속으로 나뉘는데, 교구 소속 신부들은 일반 성당에서 신자들을 대상으로 사목을 하고, 수도원 소속 신부들은 수도원에서 생활하거나 수도원에서 운영하는 단체나 기관에서 일하며 그 수도원이 추구하는 가치를 실현한다에 더 마음이 끌렸던 것인지도 모른다. 그때까지만 해도 교구신부가 더 진실되게 살고, 세상 사람들과 더불어 살아가고 있다고 생각했기 때문이다(하지만 교구신부나 수도회 신부나 모두 엉터리 생활을 할 수 있다는 사실을 나중에 알게 되었다).

신부가 되고 싶다는 생각은 마치 부드럽고 따뜻한 열기처럼 내 마음 속에 자리한 채 늘 나와 함께했다. 나는 그 열기가 마음 속에서 식지 않도록 무척 조심했고, 그 꿈은 어디까지나 개인적인 문제였기 때문에 다른 사람과 심지어 어머니와도 의논하기를 꺼렸다.

가난한 신부를 꿈꾸다

한 달에 한 번 정도 볼티모어워싱턴 D.C에서 약 40킬로미터 떨어진 메릴랜드 주 최대의 공업도시에 사는 아버지의 남자 친척들(아버지는 그들을 '볼티모어의 패거리' 라고 불렀다)이 늦은 일요일 오후 연락도 없이 집으로 놀러 오곤 했다. 볼티모어 패거리들은 시끄럽고 낙천적이며 놀기 좋아하는 아저씨들이었다. 그래서 그들이 오면 우리 집은 언제나 생기가 넘쳤다. 그들은 맥주와 샌드위치를 먹은 뒤 푼돈 내기 포커 게임을 했는데, 어느 날 한 아저씨가 내게 물었다.

"알, 넌 커서 무엇이 될 거니?"

알은 식구들이 부르던 내 애칭이었다. 나는 곧바로 대답했다.

"교황이 될 거예요."

그 엉뚱한 대답으로 모두를 웃기면서 신부가 되고 싶다는 내 속 마음을 에둘러 나타냈다.

초등학교 때부터 나는 다른 것은 바라지 않고 오직 두 가지만 원했다. 첫째는 '신부' 가 되고 싶었고, 둘째는 '선교 신부' 가 되고 싶었다. 뒤에 세 번째와 네 번째가 덧보태졌는데, 7학년 때는 우리나라의 중학교 1학년에 해당 '교구신부' 가 되고 싶었고, 훨씬 뒤 신학대학 1학년 때는 '가난하게 사는 신부' 가 되고 싶었다.

초등학교 7학년 때 메릴랜드 주 케이톤스빌에 있는 세인트찰스 소신학교를 방문한 것을 계기로 나는 신부가 되고 싶다는 꿈을 실

소 알로이시오 신부의 3살 때 모습

현하기 위해 조심스런 첫발을 내디뎠다. 소신학교 교장이었던 조지 글리슨 신부님을 만난 자리에서 이렇게 물었던 기억이 있다.

"신부님, 선교 사제가 되고 싶으면 어떻게 해야 하나요? 소신학교에서 4년 동안 공부한 뒤 제가 원하는 선교회에 들어갈 수 있나요?"

신부님은 무슨 회를 생각하느냐고 물었다.

"메리놀회입니다."

"물론이고말고."

신부님은 웃으면서 그렇게 말했다. 세월이 흘러가면서 신부가되고 싶다는 꿈은 조금씩 구체화되어 갔다. 수도회 신부보다는 교구신부가 되고 싶었고, 미국보다는 외국에서 활동하기를 원했다. 그리고 잘사는 사람들보다는 가난한 사람들을 위한 사도직을 원했다.

초등학교 중등반5학년부터 8학년이 되면서 계획은 더욱 구체화되었다. 초등학교 8학년우리나라 중학교 2학년에 해당 때, 인근 지역에서 가톨릭 대학을 운영하는 마리스타 수도회 신부님들이 우리 학교를 찾아와 글짓기 대회를 열었다. 주제는 '내가 되고 싶은 인물'이었다. 1등 상품은 마리스타 수도회 창설자 신부님의 전기 한 권이었다.

마리스타 수도회는 돈이 꽤 많은 수도회였는데, 수도회에서 내건 상품은 13살 학생들이 그렇게 군침 흘릴 만한 것이 되지 못했다. 하지만 그 상에는 명예가 걸려 있었기 때문에 나는 참가하기로 마음먹었다. 그리고 신부가 되고 싶은 내 마음을 글로 써내 1등 상을 받았다.

하지만 나는 그 때문에 큰 낭패를 겪기도 했다. 내 글이 공개될 줄 전혀 생각하지 못했기 때문이다. 8학년 남자반 담임 수녀님이 내 글을 8학년 여학생 담임 수녀님에게 보여주었고, 그 수녀님은 내 글을 종교교육 시간에 반 여학생들에게 읽어주었던 것이다. 나는 그 사실을 어떤 여학생 두 명이 나를 찾아와 내 글에서 큰 감명을 받았다고 말해주었기 때문에 알았다. 얼굴은 홍당무가 되었고, 억울해 죽고 싶은 마음이었다.

소신학생이 되다

8학년 말에 나는 슬피오 수도회가 운영하는 세인트찰스 대학 부설 소신학교우리나라의 고등학교에 해당하는 신학교 입학시험에 응시했다. 곤자가 소신학교에서는 전액 장학금을 받을 수 있었지만 세인트찰스 소신학교가 집에서 가까웠기 때문에 반액의 장학금을 받고 입학하기로 했다. 그리고 다음해 9월, 14살의 어린 나이에 나는 소신학교에 들어갔고 그때부터 신부가 되는 멀고도 먼 14년의 여정이 시작되었다.

소신학교 생활은 처음부터 순조롭지 못했다. 소신학교에서는 규칙을 어기면서 어느 정도 말썽도 부리고 장난을 잘 치는 학생이

세인트찰스 소신학교 때의 소 알로이시오 신부(앞줄 팔짱 낀 학생) 모습. 세인트찰스 소신학교는 사제 생활을 준비하기에는 아주 좋은 곳이었지만 선교 사제를 꿈꾸기에는 부족했다. 교구 신학교들이 선교 사제 양성에는 지나칠 정도로 무관심했기 때문이다.

인기 있었다. 그렇지 않고 규칙을 잘 지키고 기도를 많이 하고 공부만 하는 학생은 '스크루프'라고 불렸다. 이 말은 스크루풀러스 scrupulous:성실한, 꼼꼼한에서 온 말이었는데, 스크루프는 부드럽고 여성적인 사람을 일컫는 말이었다. 이 말에 대한 반대말인 슬라팝 slop-up:흙탕물, 너절함은 간이 크고 사내다운 사람을 가리켰다.

나는 속마음과 달리, 다른 사람의 눈길을 끌고 인기를 얻기 위해 슬라팝의 기괴한 행동을 흉내 내는 데 몰두했다. 내 존재를 세상에 알리기 위해 장난질을 하면서 말썽을 부렸던 것이다.

한번은 물리 시간에 교실 바닥을 기어, 교탁 앞에 서서 열심히 강의하는 교수님의 뒤를 돌아 교실 밖으로 나간 적이 있다. 하지만 막상 성공적으로 나가고 보니 나 자신이 무척 어리석게 보였다. 그렇지만 동료 신학생들은 낄낄거리며 나를 용감하고 영리하다고 치켜세웠다.

그러던 어느 날 오후 자유 시간에 내 장난질에 급제동이 걸리고 말았다. 하급반 신학생을 담당하는 화이트 신부님이 손가락으로 나를 가리키며 따라오라고 했던 것이다. 그것은 아주 불길한 징조였다. 신부님을 따라 방 안으로 들어서고, 신부님이 방문을 닫고 문을 잠글 때 내 인생에서 예사롭지 않은 일이 벌어지겠다는 직감을 했다. 화이트 신부님은 딱딱이로 때리는 '의식'에 나를 초대했던 것이다.

신학생들은 화이트 신부님을 신부님이란 존칭을 빼고 그냥 '조

화이트'라고 불렀다. 조 화이트는 먼저 정도를 벗어난 내 행동에 대해 설명했다. 그리고 엎드리게 한 뒤 일명 '딱딱이'라고 부르는, 샤워실에서 신는 나막신으로 아무 영문도 모르는 내 엉덩이를 사정없이 내리치기 시작했다. '죄인'이 눈물을 흘리며 항복할 때까지 때리는 것이 조 화이트의 버릇이었다.

35번째 매질까지는 참았으나 36번째를 앞두고는 나도 모르게 눈물이 흐르기 시작했다. 그때까지의 최고 기록은 52대였다. 35대도 어느 정도는 인정받을 만했지만 결코 자랑할 만하지는 못했다.

조 화이트의 방을 나온 나는 절뚝거리며 계단을 내려가 성당 안으로 들어갔다. 성체 앞에 무릎을 꿇고 그저 "주님, 고맙습니다. 제게는 매가 필요했습니다."라고 말했다. 14살 소년의 나쁜 버릇을 고치는 데 상처 난 엉덩이보다 더 좋은 묘약은 없었던 것이다. 실제로 그것은 내게 아주 좋은 처방이었다. 그 뒤부터 신학교 생활은 더없이 진지하고 성숙해져 갔다.

나는 세인트찰스 소신학교를 좋아했다. 그곳은 신부가 되기 위한 먼 길을 준비하기에 아주 좋은 곳이었다. 하지만 선교 사제가 되고 싶은 내 의욕을 불태우기에는 좋은 곳이 못 되었다. 대부분의 교구 신학교는 선교 사제 양성에 지나칠 정도로 무관심했기 때문이다.

당시 교황청에서 각 나라의 주교들에게 선교 사제 육성을 강력히 요구하고 있었지만, 대부분의 주교들은 자신들의 교구에 필요한 사제 양성에 더 큰 관심을 갖고 있었기 때문에 선교 사제 양성에는 이름만의 노력을 기울일 뿐이었다.

한 외방선교회 성소 지도 신부는 외국 선교에 대한 특정 주교들과 신학교 장상들의 배타적인 태도를 가리켜 '영신적 산아 제한'이라며 강하게 비판하기도 했는데, 당시 세인트찰스 신학교가 그런 경우였다.

2차 세계대전 뒤 일본에서 선교 활동을 하다가 한국으로 소임지를 옮겨 6·25 동란 중에 죽은 메리놀회 페트릭 번 신부님이 생전에 세인트찰스 소신학교를 방문한 적이 있다. 2차 세계대전이 막 끝나고 패배와 모멸로 무릎을 꿇은 일본이 온갖 노력을 다해 재건하려고 애쓰던 때였다.

번 신부님은 일본 선교 활동의 가능성에 대해 열정적으로 강론했다. 타고난 말솜씨를 지닌 번 신부님의 강론은 사뭇 감동적이었다. 그날 밤 많은 소신학생들이 낯선 이름을 가진 이역만리의 나라에 선교사로 가는 꿈을 꾸며 밤을 지새웠다.

그러나 번 신부님의 성공적인 강론은 신학교 교장 신부님의 마음을 몹시 상하게 만들었다. 다음날 저녁 교장 신부님은 교구신부의 중요성을 강조하는 강론을 했고, 다시 일주일 뒤 교구 사무처에서 온 신부님은 강론을 통해 교장 신부님의 강론 내용을 뒷받침

하는 말을 했는데, 심지어 다른 사목을 지향하는 신학생은 교구의 가르침에 불충하다는 뜻을 암시하기도 했다.

메리놀회에 들어가다

세인트찰스 소신학교를 5년 동안 다니고 졸업할 무렵, 나는 전임 교장이었던 글리슨 신부님을 다시 찾아갔다. 신부님에게 7년 전에 나누었던 대화를 기억하는지 물어보았다. 신부님은 잘 기억한다고 했다. 나는 메리놀회에 들어가 선교 사제가 되고 싶다고 말했다. 신부님은 좋은 생각이라면서 내가 메리놀회 입회와 뉴저지 주 레이크우드에 있는 메리놀회 신학대학에 들어갈 수 있도록 온 힘을 다해 도와주었다.

메리놀회 신학교에 들어간 나는 1년은 레이크우드에 있는 캠퍼스에서 공부했고, 나머지 3년은 일리노이 주 시카고 교외의 글렌엘린에 있는 신축 신학교에서 보냈다.

메리놀회 신학교 생활은 행복하고 즐거웠다. 어떤 뜻에서는 나의 전성기라고 할 수 있을 정도였다. 스포츠에서도 활동적이었고, 공부도 열심히 했으며, 대학 잡지의 편집도 맡았고, 학생회 회장직도 맡았다. 그리고 신학생들에게 강의할 외부 유명 인사를 초빙하는 부서의 책임을 맡기도 했다.

그런데도 나는 훗날 메리놀회를 떠났다. 내가 메리놀회 신학생일 때, 메리놀회는 지식과 지성의 사회를 추구했고 메리놀회의 이

미지는 완전히 미국 상류 사회에 속해 있었다. 메리놀회 신부들은 일반적으로 쾌활하고, 낙관적이며, 상상력이 풍부하고, 열심인 성직자들이었지만 개인적으로는 연약하다는 인상을 받고 있었다.

메리놀회는 이러한 이미지에 불안을 느껴 이미지를 바꾸기 위해 노력했다. 그 노력의 한 가지로 이른바 고등교육을 시키기 위해 젊은 신부와 신학생들을 뽑았다. 그리고 그들로 하여금 여러 분야의 과목을 전공하게 한 뒤 궁극적으로 학위를 받게 했다. 나도 뽑힌 학생 가운데 한 명이었다.

나는 워싱턴 시에 있는 가톨릭 대학의 여름 학기에 입학해 사회학이나 경제학을 공부한 뒤 학위를 받도록 되어 있었다. 선택받은 사실이 남의 부러움을 사기도 했지만 한편 당황스럽기도 했다. 왜냐하면 사제 서품을 받으면 미국에 남아 학생들을 가르치는 일을 맡게 될 것인데, 그렇게 되면 해외 선교 사업에 대한 내 꿈을 이룰 수 없게 될 것이기 때문이었다. 그때부터 나의 메리놀회 신학교 생활에는 먹구름이 일기 시작했다.

메리놀회 입회 전, 나는 메리놀회 사람들이 이방인의 사도였던 타르수스의 바오로 성인과 전형적인 미국인 사이에서 절충되는, 고난의 십자가를 지닌 사람들이라고 생각했다. 그러나 신학교에 들어가 처음 받은 메리놀회 사람들의 인상은 내 생각과 많이 어긋났다. 메리놀회의 생활은 중산층 중에서도 상류에 속했고 지나치

게 안락한 편이었다. 더욱이 이런 문제에 대해 의문을 제기하는
사람이 아무도 없었다.

가난한 사람들을 위한 부유한 신학생

메리놀회 신학교에서 3년째 되던 해의 어느 날 사회학 강의에
서 신학생들은 메리놀회 신학교가 보편적으로 누리고 있는 생활
수준을 정확하게 평가하기로 했다. 오랜 시간에 걸친 토론 끝에
도달한 결론은 음식과 주거, 오락 시설을 비롯해 전반적인 생활이
미국인의 상위 40%가 누리는 수준에 해당한다는 것이었다.

한편 메리놀회 신부들은 신학생에게는 허용되지 않았던 찬 맥
주와 음료수가 가득 찬 냉장고와 텔레비전을 갖고 있었고, 고급
식사와 여러 가지 특혜가 포함된 상류 생활을 누리고 있었다. 이
런 현상은 메리놀회에만 한정된 것이 아니었다. 메리놀회의 생활
수준은 미국에 있는 대부분의 다른 선교회와 비슷했다.

문제는 '도대체 이것이 어떻다는 것인가?' 하는 태도였다. 이것
이 미국식 생활이 아니던가? 미국에 있는 단체가 미국식 수준에
맞춰 사는 것이 도대체 무슨 문제란 말인가? 그렇다. 이런 생활은
미국 배경에 비추어볼 때는 하나도 이상하지 않았다. 하지만 세계
라는 거울에 비춰볼 때는 상황이 전혀 달랐다. 세계적으로 볼 때,
미국 사람들의 상위 40%는 세계 인구의 상위 5%에 해당했다. 다
시 말해, 메리놀회 신학교의 신학생들은 세계 인구의 5%에게만

허용된 부유한 생활을 누리고 있는 것이었다.

물론 나 자신도 육체적으로 편안한 것이 좋았다. 하지만 그런 환경에 대해서 도덕적인 불편함을 느꼈고, 또 그것이 올바르다고 생각하지 않았다. 메리놀회 신학생의 생활이란, 재물을 갖지 못한 사람들과 재물을 가져보지 못한 사람들을 위해 살려고 자신을 준비하는 기간이다. 그런데 그런 사람들이 세계 인구의 5%도 안 되는 사람들만이 누리고 있는 풍족하고 안락한 생활을 한다면 어떻게 될까?

가난한 사람들 가운데서도 가장 가난한 사람들과 함께 살기 위한 준비를 하는 신학생들이 세계 상위 5%의 부자들의 삶을 누리면서 그 기간을 보낸다는 것을 나는 도저히 받아들일 수 없었다. 이러한 내 생각은 그리스도로부터 오는 실천적 명령과 관련이 있었다. 복음 정신과 그리스도가 스스로 보여주신 모범에 뿌리를 둔 영적 명령이 다른 무엇보다 우선했기 때문이다.

미국 사람으로서 미국적인 생활, 곧 물질적 풍요와 편안함을 누리면서도 복음에 따르는 생활, 다시 말해 가난한 삶을 지향하는 생활을 할 경우 크게 나무랄 것은 없다. 물질적 풍요를 누리면서도 동시에 복음서에 함축된 가난의 정신을 향해 노력한다면 근본적으로 건전한 생각이라 할 수 있기 때문이다.

그런데 물질적으로 풍요롭게 살면서 복음적 가난을 탐구하지 않고, 그리스도적인 가난 사상을 갈망하는 내적 긴장마저 가지지 않는다면 무엇인가 모자라는 점이 많은 것도 사실이다. 내가 메리놀회에서 경험한 것은 바로 이것이었다.

어느 날, 남미에서 막 귀국한 메리놀회 신부님이 신학교를 방문해 학생들에게 강의를 한 적이 있다.

"물론 남미에서 활동하는 우리 메리놀회 선교사들은 부자지요. 이 사실을 감추려 하지 않습니다. 그러나 그것이 어떻단 말입니까? 우리가 가진 부와 힘을 현지 사람들을 돕는 데 사용하지요. 우리의 활동을 분석해보니 우리의 부와 힘이 중요하다는 사실을 알게 되었습니다."

일주일 뒤 신학생들을 위한 주일 강론에서 학장 신부는 이렇게 말했다.

"누구든지 이곳이 싫으면 다른 곳으로 갈 수 있습니다. 신학교 문은 언제나 활짝 열려 있습니다."

그래서 나는 그렇게 하기로 마음먹었다. 그리고 근본적으로 다음 세 가지를 제시하는 선교회를 찾기로 했다. 첫째, 선교 사업 둘째, 교구 사제의 신분 유지 셋째, 그리스도의 가난이었다.

메리놀회를 떠나 SAM으로

미국 안에서는 더 이상 내 이상에 맞는 선교회를 찾을 수 없었다. 그래서 멀리 떨어진 곳으로 눈길을 돌렸다. 그러던 어느 날

'미국에 없으면 유럽은 어떨까? 그곳에서 내가 원하는 회를 찾을 수 있지 않을까?' 하는 생각이 들었다. 그렇게 해서 한 선교 단체를 찾게 되었다.

SAM Societe des Auxiliaires des Missions으로 알려진 선교협조자회는 벨기에의 루벵에 본부를 두고 있었다. SAM은 벨기에 왈룬 지역 출신인 안드레아 볼랑 신부님이 창설한 선교회였다. 근대 중국의 사도로 알려진 벵상 레브 신부Rev. Vincent Lebbe의 사상으로부터 영감을 받은 SAM은, 선교 사제를 양성한 다음 아프리카와 아시아로 파견해 그 나라 주교 밑에서 교구신부로 일하게 하는 것이 주목적이었다.

레브 신부의 전기를 읽고 나는 한 가지 사실에 큰 감명을 받았다. 레브 신부는 여러 면에서 아씨시의 프란체스코 성인처럼 가난의 이상과 신비를 체험한 선교사였다. 레브 신부는 그를 따르는 사람들에게 늘 이렇게 당부했다고 한다.

"선교사는 마땅히 가난하게 살려고 끊임없이 노력해야 합니다."

나는 SAM에 입회 신청을 했고, 서류 심사와 오랜 기다림 끝에 입회 허락을 받았다. 메리놀회 사람들은 내가 험난한 길에 들어섰다고 생각했다. 가족들도 내 결정에 대해 긍정적이지 않았다. 배를 타고 유럽으로 떠나기 바로 전날, 패니 고모 수녀님에게서 편지 한 통이 왔다. 편지에서 고모는 내가 일생에서 가장 큰 실수를 저질렀다고 지적했다. 가족들도 내 결정을 강하게 비판하며 거칠고 푸른 바다로 뛰어드는 내 결심을 바꿔보려고 온갖 노력을 다했다.

하지만 나는 꿈 많은 23살 젊은이로 이미 단호한 결심을 하고난 뒤였다. 그렇게 해서 거칠고 푸른 하늘 저편을 향해 뛰어들었다. 그러나 그곳은 푸른 하늘이 아니었다. 북유럽에 속하는 벨기에의 루벵 하늘은 언제나 잿빛과 납빛이었다.

가난했던 루벵 생활

1953년 1월, 유럽을 향하는 배에 올랐다. 그리고 일주일 뒤 루벵에 도착해 루벵 대학교 신학부 1학년에 들어갔다. 수업은 4개월이나 뒤처져 있었다. 게다가 모든 강의는 불어와 라틴어로 진행되었는데, 나는 불어는 조금밖에 몰랐고 라틴어는 불어보다 더 못했다. 그러나 나는 수업을 따라잡기로 단단히 결심했고, 마치 내일이란 존재하지 않는 듯이 공부했다. 그 결과 첫해 수업을 성공적으로 마쳤다.

그러나 너무 무리한 탓인지 소화 기능을 엉망으로 만드는 데도 성공했다. 공부에 대한 중압감 때문인지, 아니면 기후나 음식 때문인지, 그것도 아니면 그 모든 것이 한데 어우러진 때문인지 루벵에서 사는 동안 줄곧 건강이 좋지 못했다.

신학교는 루벵 시 교외의 옛 성 안에 있었고, 난방은 형편없었

루벵 신학교 시절의 소 알로이시오 신부

"선교사는 마땅히 가난하게 살려고 끊임없이 노력해야 합니다."
레브 신부의 전기에 큰 감명을 받은 나는
메리놀회를 떠나 벨기에로 향했다.

루뱅 신학교 생활은 더할 나위 없이 가난했다. 그것은 덕행 실
천을 위한 자발적 가난이 아니라 근본적으로 어쩔 수 없는 가
난이었다. 청빈 사상이나 가난의 신비에 충실하기 위한 가난이
아니라 의기소침할 정도로 힘들고 괴로운 가난 그 자체였다.

다. 잠자리에 들기 전이면 밖에 나가 15분쯤 달리기를 해서 몸에 열이 생기게 한 다음 두꺼운 내복과 양말을 신고, 석탄 스토브 위에서 뜨겁게 달군 벽돌을 수건에 싸서 침낭 속에 집어넣은 다음 지퍼를 올리고, 머리에는 두건을 쓴 채 따뜻한 잠자리가 되도록 기도를 하고 잠을 잤다.

춥고 습하고 비정하리만큼 쌀쌀한 북유럽의 날씨 속에서 태어나고 자란 다른 신학생들은 그런 날씨를 아랑곳하지 않고 씩씩하게 살았다. 하지만 나는 그런 날씨가 소화小花 테레사 성녀를 스물넷의 나이에 죽음에 이르게 하는 데 충분한 이유가 될 수 있을 것 같다는 생각이 들 정도로 힘들었다. 날씨뿐만 아니라 음식을 먹는 데도 고통이 따랐다. 돼지비계로 만든 버터와 무 시럽을 빵에 발라 먹고, 커피 대용으로 맥아차를 마셨다.

그래도 나는 신학교가 좋았다. 수업도 마음에 들었다. 신학은 대단히 진보적이었고, 세계적으로 유명한 신학 교수의 강의도 들을 수 있었다. 젊은 나이에 일찍 다른 나라의 문화를 경험할 수 있었다는 것도 훗날 해외 선교 활동에 필수적으로 갖춰야 할 심리적 안정에 큰 도움이 되기도 했다.

유럽에서 보낸 방학도 신학교 생활 못지않게 좋은 공부가 되었다. 비행기 값이 없어 미국으로 갈 수 없었던 나는 무전여행을 했다. 첫 여름방학 때는 루벵에서 북아프리카의 마라케쉬까지 여행

루벵 신학교는 시 교외의 옛 성 안에 있었고, 난방은 형편없었다. 잠자리에 들기 전이면 밖에 나가 15분쯤 달리기를 해서 몸에 열이 생기게 한 다음 두꺼운 내복과 양말을 신고 자야 했다.

1957년 6월 29일 워싱턴 성 마틴 성당에서 사제 서품식 도중 엎드려 있는 소 알로이시오 신부. 세상에서 가장 낮은 사람이 되어 하느님을 경배하겠다는 약속과 기원을 상징한다.

했는데, 마라케쉬에서 80킬로미터 떨어진 사막 마을에 있는 프란체스코 수사들의 진료소에서 4주 동안 일을 하기도 했다. 그리고 엄지손가락을 치켜세워 지나는 차를 얻어 타면서 루벵으로 돌아왔다.

두 번째 여름방학 때는 루벵을 떠나 이태리의 시칠리 섬, 오스트리아, 스위스 그리고 독일을 거쳐 루벵으로 돌아오는 여행도 했다. 여행을 하면서 나는 많은 것을 배울 수 있었다.

세 번째 여름방학 때는 프랑스 남부의 외딴 산골 성당에서 본당 신부와 함께 여름을 보냈다. 신부님과 벌통을 돌보고, 감자도 캐고, 호두나무에서 호두를 따기도 했다. 또 목동과 함께 밤을 지새운 일도 있다. 그리고 파리 교외에 있는 한 복지시설에서 피엘 신부님과 한 무리의 넝마주이와 함께 살기도 했다.

그렇다면 나는 루벵에서 찾고자 했던 것을 찾았을까? 그렇다고 할 수도 있고 아니라고 할 수도 있다. 다만 분명한 것은 가난하게 살았다는 사실이다.

신학교 생활은 더할 나위 없이 가난했다. 그 가난은 덕행 실천을 위한 의도적인 가난이 아니라, 근본적으로 어쩔 수 없는 가난이었다. 청빈 사상이나 가난의 신비에 충실하기 위한 가난이 아니라, 의기소침할 정도로 힘들고 괴로운 가난 그 자체였다.

SAM은 정말 돈이 없었다. 그런 까닭에 여러 가지가 부족하고 미흡했다. 그렇지만 가난한 생활은 나를 올바른 방향으로 이끌어 주는 첫걸음이 되었다. 나는 그 변화에 더없이 만족했다. 그런 까닭에 5년 동안의 루벵 생활은 정말 값진 것이었다. 훗날 한국에서 선교 사도직을 수행하는 데 있어 훌륭한 경험과 준비 기간이 되는 데 모자람이 없었던 것이다.

한국을 택하다

신학교 마지막 해에 SAM의 원장 신부님으로부터 선교지로 태국과 한국 가운데 하나를 고르라는 제의를 받았다. 나는 루벵에서 이미 여러 명의 한국인 신부와 평신도들을 만났고, 그들에게서 한국에 대한 이야기를 많이 들어 어느 정도 한국 사정을 알고 있었다. 자연히 나는 한국으로 마음이 기울었다. 하지만 원장 신부님은 나의 약한 건강을 고려해 더 부드러운 기후를 가진 태국이 좋을 것 같다고 말했다.

하지만 나는 한국을 택했다. 그리고 워싱턴으로 돌아가 어릴 때부터 다녔던 성 마틴 성당에서 사제 서품을 받았다. 그때가 1957년 6월 29일이었다. 그리고 그해 12월 8일, 한국의 부산 교구로 가기 위해 비행기를 탔다.

가난한 사람들이
사는 법

산길 양쪽에는 가난한 사람들이 사는 천막집과 판잣집이 빽빽하게 들어서 있었다. 산비탈에 세운 집들은 역학의 법칙을 도대체 무시하고 있었다. 어떻게 저런 비탈에 집이 서 있을 수 있는지 도저히 이해할 수가 없었다.

부산은 활기가 넘치는 도시였다. 거리는 어딜 가나 사람들로 가득했다. 그 많은 사람들이 도대체 어디서 잠을 자는지 이해할 수 없었다. 어디를 가도 오직 사람들뿐이었다. 팔꿈치를 부딪히면서, 빤히 쳐다보면서, 이야기를 나누면서, 웃으면서, 일을 하면서, 놀이를 하면서, 살기 위해 다투면서 그리고 햇볕 좋은 곳을 차지하려고 서로 싸우면서 사람들은 하루를 보냈다.

원래 부산은 산과 바닷가를 따라 좁고 긴 땅 위에 한적하게 들어선 아름다운 도시였다. 그런데 6·25가 터지자 피난민들이 물밀듯이 밀려들었고, 휴전 뒤에도 많은 피난민들이 그대로 눌러앉아 버렸다. 그리고 인근 농촌에서 수많은 사람들이 일자리를 찾아 계속 몰려들다 보니 부산을 에워싸고 있는 산허리까지 수많은 판잣집들이 마치 버섯처럼 솟아나게 되었다. 내가 부산에 도착했을 당시에도 산꼭대기를 향해 천막촌이 하룻밤 사이에 하나씩 만들어지고 있는 실정이었다.

부산에 도착한 지 2주 만에 처음으로 시내 구경을 나섰다. 으스스한 겨울 추위가 시내 관광에는 어울리지 않았다. 그렇지만 당시 내게 한국어를 가르쳐주고 있던 박 다미아노이 책의 옮긴이 박우택 씨를 말함. 다미아노는 그의 세례명. 당시 대학 휴학 중이던 그는 소 신부님을 만나 40

년 넘게 가장 가까이에서 소 신부님의 구호사업을 도왔다 씨와 함께 주교관을 나섰다.

주교관을 나서자 곧바로 사람들로 가득 찬 큰 거리가 나왔다. 골목에서는 돌차기와 줄넘기를 하는 아이들과 부딪히지 않도록 비켜 걸어야 했고, 큰길에서는 택시에 부딪히지 않기 위해 정신을 바짝 차려야 했다.

산동네 판잣집 사람들

얼마 지나지 않아 우리는 주교관에서 마주 보이는 산 언덕을 오르기 시작했다. 미끄럽고 가파른 산길을 오르니 숨이 차올랐다. 오르막길에는 흙계단이 만들어져 있었고 계단 바로 옆은 낭떠러지였는데, 아무 힘도 없어 보이는 몇 개의 나무토막이 흙계단의 난간 역할을 하고 있었다. 그 아래는 6미터도 넘는 낭떠러지였다.

산동네로 올라가는 어느 골목에서는 한 아이가 훌라후프를 돌리고 있는 바람에 아이가 옆으로 비켜줄 때까지 기다려야 했다. 산길 양쪽에는 가난한 사람들이 사는 천막집과 판잣집이 서로 모양과 크기를 달리한 채 빽빽하게 들어서 있었다.

산비탈에 세운 집들은 역학의 법칙을 도대체 무시하고 있었다. 어떻게 저런 비탈에 집이 서 있을 수 있는지 도저히 이해할 수가 없었다. 어떤 판잣집은 젓가락 같은 나무기둥 위에 아슬아슬하게 얹혀 있었고, 또 어떤 집은 산비탈에 위험하게 서 있어 센 바람이

6·25 피난민들을 위해 임시로 지은
성냥갑 같은 판잣집들은 전쟁이 끝난 뒤
그대로 가난한 사람들의 동네가 되었다.

1950년대 말 부산 감천동 산동네 모습

사방에서 악취가 진동하는 산동네…

센 바람이라도 불면 금방 날아가버릴 듯한 판잣집들이지만

그래도 아이들의 얼굴은 해맑기만 했다.

라도 불면 단번에 날아갈 것 같았다.

산길을 따라 계속 올라가는데 한 무리의 아이들이 우리 뒤를 따라왔다. 동네에 코 큰 사람이 나타난 것이 신기하기도 하고 즐겁기도 한지 웃고 소리 지르며 계속 따라왔다. 아이들은 마치 노래하듯이, 알아들을 수 없는 말을 계속 되풀이하고 있었다.

나는 갑자기 뒤돌아 몸을 낮추어 아이들의 얼굴을 똑바로 쳐다보았다. 그러자 아이들은 비명과 웃음 섞인 소리를 지르며 사방으로 흩어졌다. 잠시 뒤 아이들은 또다시 무리를 지어 따르며 나를 놀리는 듯한 노래를 부르기 시작했다.

그런데 그 소리를 가만 들어보니 '할로 오케, 할로 오케'라는 말 같았다. 같이 갔던 다미아노 씨에게 물어보니 그렇다고 했다. 다미아노 씨는 약간 당황한 얼굴로 그 말이 미국 사람을 가리키는 말이라 했다. 할로 오케는 '할로우'와 '오케이'를 섞어 놓은 것이었다.

결핵 환자들

잠시 뒤 다미아노 씨가 옆길로 들어서기에 뒤따라갔다. 그곳에는 땅을 깊이 파고 위에 천막을 낮게 친 오두막이 한 채 있었다. 다미아노 씨는 천막을 걷고 고개를 안쪽으로 들이밀고는 무슨 말을 하고 있었다. 그러다가 진흙이 묻은 신발을 벗고 굴 같은 천막 속으로 기어 들어가면서 내게 들어오라고 손짓을 했다.

천막 안에는 20~30대로 보이는 네 명의 남자가 있었다. 모두 결핵 환자라고 했다. 산 아래 대청동 큰길에 있는 미국 메리놀 수녀회에서 운영하는 병원의 결핵 환자들로 수녀님들이 일주일에 한 번씩 결핵약과 식품을 가지고 온다고 했다.

결핵 환자의 오두막에서 나온 뒤 다미아노 씨와 나는 산마루 가까이 올라갔다. 그곳은 산동네를 뒤덮고 있는 똥과 쓰레기더미에서 나는 악취를 벗어난 곳이라 공기가 신선하고 주위가 깨끗해 머리를 맑게 해주었다.

그때 한 남자가 엄청난 무게의 짐을 지게에 지고 산허리를 돌아 천천히 걸어가고 있었다. 등 뒤에서 비추는 늦은 오후의 붉은 햇살이 길바닥에 그 사람의 그림자를 완벽하게 만들어내고 있었다. 가난한 사람들의 고된 삶을 단적으로 보여주는 모습이었다.

고개를 돌려 다미아노 씨를 보니 동굴 같은 어떤 오두막 입구에서 키가 크고 긴 머리에 얼굴이 수척한 남자와 이야기를 나누고 있었다. 다미아노 씨는 오후 햇살에 눈이 부셔 연방 눈을 끔벅이는 그 남자를 내게 소개했다. 성은 이 씨고 세례명은 크리스토퍼라고 했다. 크리스토퍼 씨는 정답게 웃으며 내게 손을 내밀었다. 그는 안으로 들어가자고 했다. 창문 없는 동굴 같은 집 안은 곰팡이 냄새가 진동을 했다.

고등학교 교사였다는 크리스토퍼 씨는 건강이 좋지 않아 메리

아무도 찾아오는 사람이 없는 가난한 산동네의 오두막. 그 안에서 사람들은 굶주리기도 하고 죽어가기도 했다. 훗날 소 알로이시오 신부가 창설한 마리 아수녀회 수녀님들은 이들 가난한 사람들의 벗이 되어 그들을 찾아주었다.

놀 수녀회의 결핵 진료 구역인 이곳으로 옮겨왔으며, 이곳에서 주위의 판잣집 사람들에게 천주교 교리를 가르치기도 하고, 학교에 못 가는 아이들에게는 글을 가르치고 있었다. 작년에만 1백 명 이상을 천주교회에 영세 입교시켰다고 했다. 교리반을 운영하면서도 그는 전혀 보수를 받지 않는데, 집에서 만든 빵을 시장에 내다 팔아 먹고산다고 했다.

크리스토퍼 씨와 헤어진 뒤 판잣집 사이의 꼬불꼬불하고 좁고 비탈진 길을 따라 동대신동 쪽의 평지로 내려갔다. 그곳에 개천이 흐르고 있었는데, 말이 개천이지 온통 오물투성이였다. 흐르는 것은 물이라기보다 잿빛의 오트밀죽과 같았는데 아주 느린 속도로 충무동 앞 바다 쪽으로 흘러가고 있었다.

개천을 가운데로 양쪽 둑 옆에는 마른 땅이 있었는데, 그곳에도 오두막집들이 들어차 있었다. 개천 둑길을 따라가면서 몇 개의 다리를 지났다. 다리 밑마다 오두막을 짓고 사는 사람들이 있었다. 어떤 곳에는 바퀴 없는 미제 포드 승용차의 몸체가 시멘트 블록 위에 놓여 있었는데 그 안에도 사람이 살고 있었다.

넝마주이 공동체

한쪽 둑을 벽으로 삼아 엉성하게 만든 오두막들은 대부분 지붕의 위치가 우리가 걷고 있는 길과 수평을 이루고 있었다. 둑길을 따라 한참 내려가는데 몇 명의 젊은이들이 오두막 앞에서 오후의 햇볕을 쬐며 앉아 있었다. 그들 주위에는 크고 둥근 넝마 바구니가 여기저기 뒹굴었고, 그들이 모은 것으로 보이는 젖은 종이와 넝마더미가 개천가에 널려 있었다. 그들은 넝마주이였던 것이다.

나는 앞서 가던 다미아노 씨의 소매를 붙잡고 넝마주이들이 살고 있는 오두막으로 가보자고 했다. 우리가 아래를 내려다보자 한 젊은이가 고개를 들어 우리를 쳐다보았다. 그가 옆 사람들에게 뭐라고 이야기하자 모두들 우리를 올려다보았다. 반은 경계하는 눈치였고, 반은 호기심이 가득 찬 얼굴로 무엇을 원하느냐는 듯한 표정이었다.

내려가서 방문을 해도 좋을지 다미아노 씨가 물어보았다. 괜찮다고 하는 것 같았다. 내려가는 계단이 없어 우리는 둑에서 훌쩍 뛰어내렸다. 그들 가운데 한 사람이 집 입구를 막고 있는 때에 전담요를 걷어 올리자 우리는 허리를 굽히고 안으로 들어갔다.

안에는 네 명의 젊은이가 군용 담요를 몸에 감고 땅바닥에 펴놓은 가마니 위에 누워 있었다. 우리가 들어가자 손으로 눈을 비비며 일어났다. 그리고 밖에서 들어온 동료들과 함께 우리 주위에 둥글게 앉았다. 천막 입구의 반대쪽 틈으로 약간의 햇빛이 들어오고 있었다. 그 빛이 없었다면 실내는 완전한 어둠 그 자체가 될 것 같았다.

다미아노 씨가 그들에게 몇 마디 인사말을 하면서 우리를 소개

했다. 불쑥 들이닥친 우리에게 화를 내지나 않을까 겁이 났다. 하지만 자연스럽고 거리낌 없이 대하는 그들을 보고 쓸데없는 걱정을 했다는 생각이 들었다. 우리의 관심이 순수한 것임을 알자 그들은 오히려 우리의 방문을 반기는 눈치였다.

젊은 사람들은 생각했던 대로 넝마주이였다. 대부분 나이가 10~20대였는데 그렇게 무리를 이루어 산다고 했다. 부산 시내에는 그들처럼 넝마주이 일을 하면서 사는 사람이 2천 명이 넘는다고 했다.

우리가 방문한 그 '공동체'는 11명으로 되어 있었고, 길이가 약 4미터에 폭이 2미터 정도 되는 한 칸 오두막에서 살고 있었다. 밤에 담요를 몸에 감고 서로 붙어 자면 좁지는 않다고 했다. 집 안에 온기라고는 전혀 없었기 때문에 나는 뼛속까지 추위를 느꼈지만 그들은 아무렇지도 않은 듯했다.

넝마주이의 하루 일과는 새벽에 시작되었다. 대나무로 만든 넝마 바구니를 등에 메고 부산 시내 큰 거리와 골목을 돌아다니며 종이와 판지, 넝마를 주웠다. 낮 12시까지 부산 시내는 그들의 집게 공격을 받지 않는 곳이 없었다.

오후가 되면 하루의 전리품을 메고 오두막으로 돌아와서는 대바구니를 비우고 내용물을 종류대로 나누었다. 젖은 종이와 넝마는 햇볕에 말리고, 마른 종이는 파지 장수에게, 넝마는 넝마 수집

길거리에서 주운 빈 병을 냄새나고 더러운 개천물에 씻고 있는 아이들. 고물상에 팔기 위해서는 그나마 씻어야 했다. 겨우 밥 한 끼 살 수 있는 돈을 마련하기 위해 온종일 도시 곳곳을 돌아다니며 넝마, 종이조각, 비닐, 심지어 담배꽁초까지 주워야 했다.

상에게 팔았다. 그렇게 해서 그들이 버는 돈은 한 사람 앞에 하루 40환 정도라고 했다. 쌀밥 한 끼를 먹을 수 있는 돈이었다.

저녁이 되면 넝마주이들은 깡통을 들고 식당이나 잘사는 집들을 찾아다니며 음식을 구걸한다고 했다. 저녁을 얻어먹은 뒤에는 전날과 똑같은 일을 하기 위해 잠자리에 들었다.

나는 가마니 위에 앉아 천막 틈으로 들어오는 햇빛에 비친 그들의 얼굴을 살펴보았다. 며칠째 씻지 못한 것 같은 얼굴이었다. 깨끗함은 가난한 사람들이 누리기에는 너무나 큰 사치였다.

젊은이들 가운데 한 사람이 머큐로크롬 같은 붉은 액체를 얼굴에 바르고 있었다. 놀란 얼굴로 어디 다쳤는지 물어보았더니 젊은이는 소리 없이 웃기만 했다. 다친 것이 아니라 남을 웃기려고 얼굴에 칠을 했다는 것이었다. 젊은이는 그 공동체의 희극배우요, 자칭 광대였던 것이다.

광대라는 말을 듣고 보니 그 젊은이가 입고 있는 옷은 마치 서커스 단원들이 입는 옷과 비슷했다. 여러 가지 색깔의 넝마 조각을 기워 붙인 것이었는데 믿기 어려울 만큼 색의 조화가 잘 맞았다. 하지만 내 눈에는 그들 사이에 웃음을 자아낼 만한 거리가 하나도 없어 보였다. 하루 일해 하루 먹는 생활을 강요당하고, 먹느냐 굶느냐 하는 각박한 생존 논리에 따라 살고 있었기 때문이다. 그런데도 그들은 웃기도 하고 다른 사람을 웃기기도 했다.

모두와 악수를 하고 다시 밝은 햇빛 속으로 나왔다. 우두머리인 듯한 사내가 오두막에서 멀지 않는 곳에 놓여 있는 엉성한 사다리 쪽으로 안내했다. 길 위로 올라온 우리는 아래에 모인 모두에게 손을 흔들어 작별 인사를 한 다음 주교관이 있는 중앙성당으로 향했다. 돌아오는 길에 다미아노 씨가 헛기침을 몇 번 하더니 무겁게 입을 열었다.

"신부님, 한국의 가난한 사람들의 삶이 어떤지 이젠 아시겠지요?"

"네, 잘 알겠습니다."

아름다운 시골 풍경 뒤에
도사리고 있는 굶주림

구름 한 점 없는 푸른 하늘 아래 펼쳐진 것은 아름다운 전원 풍경 그 자체였다. 하지만 시골의 전원적 아름다움은 오직 겉으로 보이는 것일 뿐, 살기 위한 시골 사람들의 고된 삶은 도시 사람들보다 한층 더 심한 것 같았다.

어느 날 최 주교님이 농촌에 가야 한 국의 참모습을 볼 수 있다고 했다. 주교님은 그 말을 몇 번이나 했 고, 나는 주교님의 말에 순명하는 뜻에서 시골에 가 보기로 했다.

다미아노 씨에게 그의 고향인 경남 산청군 단성면 남사리의 친 척에게 편지를 보내 우리가 그곳을 짧게 방문해도 괜찮을지 물어 봐 달라고 부탁했다. 곧 답신이 왔다. 우리의 방문을 환영할 뿐 아 니라 큰 영광으로 여기겠다는 내용이었다. 외국인이라고는 찾아 온 적이 없는 가난한 시골 마을에 미국인 신부가 찾아온다는 것은 마을 사람들에게는 반가운 일이었던 모양이다.

1958년 3월 어느 화창한 오후. 다미아노 씨와 함께 남사리로 가 기 위해 진주로 가는 3시 30분 기차를 탔다. 우리가 탄 기차는 어 둠이 찾아온 저녁 무렵 마지막 역인 진주에 도착했다.

1달러 상당의 돈을 내고 지프형 택시로 남강을 건너 도시 한쪽 끝에 있는 옥봉동 성당으로 갔다. 첫날은 그 성당에서 하룻밤을 보낼 셈이었다. 마침 두 분의 프란치스코회 신부님은 공소상주하는 신부가 없는 작은 성당를 방문하느라 성당에 없었고, 성당 관리인이 우 리 두 사람을 맞이했다. 우리를 위해 특별히 마련한 밥과 스크램 블한 달걀과 커피로 저녁 식사를 마치자 각자의 침실로 안내해주 었다.

다음날 새벽. 종소리에 놀라 잠을 깼다. 종소리가 너무 커서 처음에는 침대 밑에서 울린다고 착각할 정도였다. 조금 지나니 이번에는 향 냄새가 진동했다. 영문을 알 수 없던 나는 곧바로 일어나 주위를 살펴보았다. 그제야 사제관 바로 옆이 절이라는 사실을 알았다.

아침 미사와 식사를 마친 뒤 도대체 어떤 사람들이 꼭두새벽에 종을 치고, 향을 피우고, 기도를 하는지 알아보기 위해 다미아노 씨와 함께 절에 들어가보았다. 밝은 아침 햇살이 가득한 절 마당에 들어서자, 마당 아래 툇마루 쪽의 열린 방문으로 한 무리의 스님들이 나오고 있었다. 스님들은 한결같이 올이 굵은 회색 무명옷을 입고 있었다. 우리 두 사람이 마당 한복판에 서서 두리번거리자 한 젊은 스님이 무리에서 빠져나와 우리 쪽으로 걸어왔다. 스님은 눈을 아래로 하고 두 손을 가슴 앞에 모은 뒤, 느린 동작으로 품위 있게 몸을 숙이면서 우리에게 인사를 했다.

우리를 소개하며 절 구경을 왔다고 했더니 스님은 대웅전으로 안내했다. 신발을 벗고 부드럽고 탄력 있는 대웅전 바닥에 발을 들여놓았다. 가구나 장식품이 전혀 없는 대웅전 안은 금욕적인 분위기를 자아냈고, 영적이고 종교적인 느낌이 강하게 뿜어져 나오고 있었다.

중앙 상단에는 금박을 입힌 육중한 부처상이 불쑥 모습을 드러내고 있었다. 뚱뚱한 배에 다리를 포개고, 왼손은 무릎 위에, 오른손은 위로 들고, 눈은 아래로 한 채 조용히 명상에 잠겨 있는 모습이었다. 그 자세는 마치 자신 속에 자신을 파묻고 있는 듯 내관內觀적이며 자기 지향적으로 보였다. 향로를 떠난 회색 연기는 화려한 불상 앞에서 서서히 퍼지면서 천장으로 솟아오르고 있었다.

나는 불상을 오랫동안 쳐다보았다. 그리고 자연스럽게 그리스도교의 상징과 비교해보았다. 고통과 번뇌와 패배 속에 마지막 한 방울의 피와 물을 쏟고, 온 세상을 끌어안을 듯이 두 팔을 펼쳐 나무 십자가에 못 박힌 일그러진 예수님의 모습이 떠올랐다.

대웅전을 나오면서 우리를 안내하는 젊은 스님에게 수도 생활을 받아들인 동기가 무엇인지 물어보았다. 스님은 생각을 가다듬기 위해 잠시 머뭇거리더니 부드럽고 낮은 목소리로 다음과 같이 말했다.

"부처라는 이름은 '깨어 있다'를 뜻합니다. 온 세상이 잠자고 있는 동안에 부처는 인생의 신비한 핵심을 깨달았습니다. 기원전 5백 60년경 인도에서 부유하고 고귀한 집안에서 고타마 싯다르타란 이름을 가진 아들이 태어났는데, 그분이 뒷날 '깨달은 자'라는 뜻을 가진 부처가 되었습니다. 청년이 될 때까지 고타마의 부모는 고타마에게 인생의 냉혹한 현실을 보지 못하게 했습니다. 그러나 어느 날 고타마는 자신의 삶을 바꾸게 된 운명의 여행 길에서 숙명적으로 늙은이와 병든 자와 죽은 자와 지혜로운 자를 만나게 되었습니다. 고타마는 그때 처음으로 늙고, 아프고, 죽는 다는 것을 알게 되었습니다. 그 경험으로 고타마는 세속적인 존재가 헛된 것이라는 사실을 깨닫고 속세에서 벗어나기로 마음먹었습니다. 화려한 궁전과 부유한 삶으로부터, 그리고 착한 부인과 사랑스런 아들을 떠나 금욕과 수행의 삶을 시작했던 것입니다."

젊은 스님은 좀 더 부드러운 말투로 이야기를 계속해나갔다.

"저는 부처님의 생애를 수없이 읽었습니다. 그리고 많은 이름 난 불제자들의 삶도 읽었습니다. 그러면서 조금씩 조금씩 이 세상의 삶은 헛되고 모든 존재가 공허하다는 사실을 깨달았습니다. 기도와 경건한 독서와 고행의 삶을 통해 감정과 욕망과 격정을 이겨내는 요령을 배우고 도에 통달하게 되면, 끝에 가서 완전한 무관심의 상태 또는 내적 무의 상태, 곧 일체의 번뇌에서 벗어난 열반의 경지에 도달할 수 있다는 사실을 알았습니다. 이 내적 깨우침에 다다르면 고통이나 욕망을 느끼지 않습니다. 이것이 지고至高의 행복입니다. 불제자들에게 인생은 단순하며, 행복이란 행복하지 않은 곳에 있습니다. 스님들은 가장 깊은 내심을 드러내는 염불을 되풀이해서 욉니다. 눈을 감고 마루에 앉아 노래하듯 욉니다. 구십 구 욕망, 구십 구 번뇌, 구십 팔 욕망, 구십 팔 번뇌, 구십 칠 욕망, 구십 칠 번뇌… 그리고 무 욕망, 무 번뇌까지 계속합니다. 이것을 얻기 위해 저는 절에 들어왔습니다."

그 절에는 15명의 스님이 있으며 대부분 젊고 물론 독신이며, 생계는 신도들의 시주에 의존한다고 했다. 우리는 스님의 친절한 안내에 고마움을 나타낸 뒤 절에서 나왔다.

도시보다 더한 가난

성당으로 돌아오니 9시 30분이었다. 우리는 가방을 들고 버스 정류장으로 가기 위해 성당을 나섰다. 성당을 막 벗어나 큰길까지 걸어왔을 때 차체를 아래위로 튕기고 먼지를 날리면서 지프 한 대가 빠른 속도로 우리 앞으로 다가왔다. 주 포니 신부님이었다이태리 출신의 프란치스코회 신부님으로 1958년부터 진주 옥봉 성당에서, 1962년부터는 부산 봉래동 성당에서 사제 생활을 했다. 1974년 소 신부님이 서울 소년의 집을 시작할 때부터는 줄곧 서울의 정동 프란치스코 수도원에 머물렀기 때문에 소 신부님과 자주 만날 기회가 있었다. 주 신부님은 브레이크를 힘껏 밟고는 지프에서 내려 다정하게 웃으며 손을 내밀었다.

43살의 프란치스코회 사제였던 주 신부님은 공산화된 중국에서 5년 전 쫓겨나와 한국으로 왔다고 했다. 가는 몸매에 라틴 민족 특유의 따뜻함과 친절을 몸에 지니고 있어 함께 있으면 어느 누구라도 좋아하는 마음이 생기는 사람이었다. 주 신부님은 우리에게 차에 타라고 했다. 성당으로 돌아가 얼굴을 씻고 커피를 한 잔 마신 뒤 목적지까지 태워주겠다고 했다.

곳곳에 움푹 파인 울퉁불퉁한 시골길을 내달리다 보니 온몸이 뒤틀리는 것만 같았다. 탄탄한 지프를 몰고 가는 베테랑 운전사는 우리 두 사람은 아랑곳하지 않고 마구 달렸다. 아래윗니는 서로 부딪혀 딸가닥거렸고, 온몸에 하얀 먼지를 뒤집어써야 했다.

산청으로 가는 길은 산세는 험하고 길은 심하게 꾸불꾸불했다. 한 동네를 지나면 또 다른 동네가 나타났다. 동네 모습은 지나온 동네와 한결같이 똑같았다. 햇빛에 반짝이는 넓고 얕은 강을 건너자 한 마을이 나타났다. 다미아노 씨는 기쁜 표정으로 고향인 남사리라고 했다.

지프에서 내리자마자 맑고 신선한 시골 공기를 깊이 들이마셨다. 그리고 동네를 에워싸고 있는 산들을 살펴보았다. 부산과는 완전히 다른 세상이었다. 발 디딜 틈 없이 들어서 있는 천막집과 판잣집 대신, 비록 가난하지만 초가와 기와집으로 이루어진 마을 모습은 그림처럼 고풍스럽고 소박해보였다.

번잡한 도시의 건물과 굴뚝 대신 겨울 보리가 자라는 확 트인 푸른 들판과 높고 낮은 언덕, 그 뒤로 병풍 같이 솟은 높은 산들은 아름다운 경치를 자아냈다. 들리는 소리라곤 오직 여울의 물소리뿐이었다.

멀리 보이는 들판에는 흰옷을 입은 농사꾼들이 여기저기 흩어져 거름을 뿌리고, 잡초를 뽑고, 벼농사를 준비하기 위해 쟁기로 논을 갈고 있었다. 구름 한 점 없는 푸른 하늘 아래 펼쳐진 것은 아름다운 전원 풍경 그 자체였다.

하지만 시골의 전원적 아름다움은 오직 겉으로 보이는 것일 뿐, 살기 위한 시골 사람들의 고된 삶은 도시 사람들보다 한층 더 심한 것 같았다. 도시에서는 그래도 미국 구호품 덕택으로, 비록 그것이 옥수수죽 한 그릇일지라도 어렵지 않게 구할 수 있었다. 하지만 시골은 사정이 달랐다. 겨울 지나 봄에 보리를 수확하기 전까지, 이른바 보릿고개라고 해서 도대체 먹을 것이 없어 굶어 죽는 사람들이 많다고 했다.

한국에는 산이 너무 많았다. 그러다보니 농사를 지을 수 있는 땅은 고작 20%도 되지 않았다. 그나마도 과도한 경작과 거름을 충분히 주지 못해 흙의 자양분이 거의 빠져나간 상태라고 했다. 한국의 밤색 땅은 지쳐 있었다. 지쳐버린 땅에서 농사를 지어 먹고살아야 하는 농사꾼들은 참으로 고달픈 생활을 하지 않을 수 없었다.

한때는 땅이 기름져 비록 풍요롭지는 않아도 그런대로 만족하고 살 수 있을 정도는 되었다고 한다. 인구 밀도도 적정 수준을 지켜나갔고, 시골 경제도 독자적으로 운용되어 자급자족이 가능했던 것이다. 하지만 과도한 경작으로 지력이 떨어지면서 수확량이 줄어들고, 여기에다 서양 의학의 영향으로 사망률이 낮아지면서 인구가 급격하게 늘어나다 보니 한국의 좁은 논과 밭이 이를 감당하기 어려웠던 것이다.

1920년만 해도 2천만 명이던 한국의 인구가 1945년에는 3천만 명으로 늘었으니 식량부족 현상은 짐작하고도 남을 수 있을 것이다. 그렇다고 도시가 농촌의 넘치는 인구를 받아들일 수 있을 만큼 산업이 발달한 것도 아니었기 때문에 도시는 도시대로, 시골은 시골대로 수많은 사람들이 먹을 것이 없어 굶주리게 되는 상황에 부딪히고 말았던 것이다.

아름다운 밤하늘

다미아노 씨와 나는 동네와 강이 한눈에 내려다보이는 박 씨 문중의 제실齊室에 짐을 풀었다. 흙벽과 지붕에 기와를 입힌 예스러운 집이었다.

시골 사람들의 의식주는 더 이상 간소화하려야 할 수 없을 정도로 간소했다. 집 안에 가구는 거의 없었고, 특별한 일이 없으면 종일 방 안에 앉아 생활했다. 밥도 부엌에서 미리 차린 작고 낮은 밥상을 방 안으로 들고 들어와 먹었다. 방에는 침대도 없었다. 밤이 되면 바닥에 펼친 두 개의 이불 사이에서 잠을 자고, 식사는 주로 밥과 국과 김치였는데, 끼니마다 똑같은 것을 되풀이해서 먹었다.

날씨는 더할 나위 없이 맑고, 머리 위 하늘은 구름 한 점 없이 푸르렀다. 일하느라 바쁜 어른들과 노느라 바쁜 아이들을 지켜보면서 보리밭과 동네 사이를 걷는 것은 무척 즐거웠다. 이른 아침이면 강가에서 깨끗한 강물을 물동이에 길어 머리에 이고 집으로 가는 아낙네들을 볼 수 있었다. 조금 뒤 같은 아낙네들이 다시 나타나 이번에는 야채를 씻었다. 그리고 잠시 뒤 다시 나타나서는 납작한 돌판 위에 빨랫감을 올려놓고 방망이로 두들기면서 빨래를 했다.

들판에서는 농부들이 어린 보리 싹 위에 거름으로 쓰는 사람의 똥과 오줌을 뿌리고 있었다. 발효시킨 똥과 오줌은 한국의 농사꾼들이 널리 사용하는 거름이라고 했다. 농작물에게 똥과 오줌은 틀림없이 좋은 거름일 것 같았다. 하지만 한국인에게 널리 퍼져있던 회충의 원인이 되기도 했다. 10대 초반의 아이들이 거름을 담은 바지게를 연약한 어깨에 짊어지고 밭으로 가는 모습을 하루 내내 볼 수 있었다.

언덕을 올라가니 소녀들이 연한 봄나물을 캐고 있었다. 저녁 밥상에 오를 것 같았다. 사내아이들은 산에서 땔감으로 쓸 솔잎을 긁어모으고 있었다. 어떤 젊은이는 엄청난 양의 나뭇가지를 얹은 지게를 지고 산에서 내려오고 있었다. 강가로 내려가니 아이들이 무릎까지 오는 강물에서 다슬기와 민물 새우를 잡고 있었다.

시골에도 도시처럼 아이들이 많았다. 우리는 아이들과 이야기를 나누고 장난을 하고 함께 놀기도 했다. 아이들이야말로 한국의 보물이 틀림없었다. 얼굴이 예쁘고, 쾌활하고, 뽐내지 않고, 때 묻지 않은 천진난만한 아이들이었다.

한국의 아름다운 밤은 시골도 예외가 아니었다. 무한한 정적과 편안함을 안겨다 주었다. 깊은 고요 속에서 들리는 소리라곤 빠르게 흐르는 강물의 부드러운 여울 소리뿐이었다. 전깃불이 없다 보니 달빛과 별빛 말고는 아주까리기름에 희미하게 타오르는 작은 등잔불이 유일했다.

가난하지만 행복한 사람들

떠나기 전날 밤, 마을에서 제법 잘산다는 집에서 나를 위한 저녁 모임이 있었다. 한 노인이 긴 담뱃대를 물고 몇 모금 빨더니 내게 권했다. 노인이 하는 대로 따라 했더니 둘러앉은 사람들이 좋아하며 웃었다.

한 젊은이가 옆에 앉은 소년에게 귀엣말을 하면서 돈을 건넸다. 그러자 소년은 무슨 중대하고 긴급한 임무를 부여받았는지 급하게 밖으로 나갔다. 잠시 뒤 소년은 막걸리가 든 큰 유리병 하나를 갖고 나타났다. 그때부터 그날 밤의 여흥은 빠른 속도로 진행되었다. 방 한구석에는 어린아이 둘이 어른들의 시끄러운 소리에 아랑곳하지 않고 곤하게 자고 있었다. 여흥에 방해가 되는지 한 어른이 아이들을 다른 자리로 옮겨 놓을 때도 아이들은 꼼짝도 않고 계속 잤다.

둘러앉은 사람들은 내게 종교에 대해 물었다. 예수님이 누굽니까? 예수님이 언제 이 세상에 살았습니까? 무슨 교리를 가르쳤습니까? 천주교 신부가 결혼하지 않는다는 것이 사실입니까? 어떻게 그런 생활이 가능합니까? 또 다른 질문은 내가 태어난 나라에 관한 것이었다. 미국인은 모두 부자입니까? 미국인은 키스를 많이 한다는데 사실입니까?

한 할머니가 대구에 사는 딸네 집에 갔던 이야기를 했다. 하루는 딸이 미국 영화 구경을 가자고 했다고 한다.

"입장료가 100환이나 했어! 영화에 나오는 사람들은 모두 키가 장대 같고, 얼굴은 집채만큼이나 크고, 1시간 넘는 동안 배우들이 하는 짓거리라고는 오로지 입 맞추는 것뿐이었어. 입 맞추고 껴안고 1시간 내내 그랬어. 나중에는 머리가 아프더라고!"

사람들이 모두 배를 잡고 웃었다. 다음에는 동네에서 소문난 이야기꾼의 차례였다. 갑자기 온 방이 조용해졌다. 호기심 많은 젊은이들은 눈을 크게 뜨고 이야기꾼을 뚫어지게 쳐다보았다. 그 사람은 얼굴 표정과 목소리를 바꿔가며 '나무꾼과 호랑이' 이야기를 했다. 아주 능숙한 말솜씨였다.

"오랜 옛날에 한국의 북쪽 어느 산골에 한 나무꾼이 살았어. 하루는 숲속에서 나무를 하고 있는데 큰 호랑이 한 마리가 나무꾼을 덮쳤지. 나무꾼은 호랑이 꼬리를 붙잡았어. 그러자 물려고 하는 호랑이와 피하려는 나무꾼이 동그라미를 그리면서 돌기 시작했지. 그때 지나가던 한 스님이 소란한 소리를 듣고 그곳으로 다가갔어. 나무꾼은 스님을 보자 큰 소리로 외쳤지. '스님! 저기 있는

도끼를 집어 내가 잡아먹히기 전에 이 호랑이를 죽여 주십시오!'
그러자 스님은 눈을 아래로 깔고 두 손을 경건히 모으면서 대답했
지. '죄송합니다. 나는 호랑이를 죽일 수 없습니다. 당신도 알다시
피 나는 불제자입니다. 불제자에게는 인간이든 동물이든 곤충이
든 모든 생명이 신성합니다.' 그러자 나무꾼이 이렇게 말했어. '스
님! 다행히 저는 불제자가 아닙니다. 그러면 스님이 대신 호랑이
꼬리를 붙들어주시면 제가 이 짐승을 죽이겠습니다.' 스님은 나
무꾼의 말에 따랐어. 그래서 자리를 바꾸었지. 나무꾼은 도끼가
있는 곳으로 걸어가서 도끼를 집었어. 그리고 도끼를 지게 위에
올려놓은 다음 지게를 지고는 뒤도 안 돌아보고 숲속으로 가버렸
지. 놀란 스님이 큰 소리로 외쳤어. '여보시오, 나무꾼! 약속대로
이 호랑이를 죽여 주시오. 그렇지 않으면 잡아먹히게 생겼수다.'
그러자 나무꾼이 이렇게 말했어. '조금 전에 스님의 깊은 불심에
크게 감명을 받아 나도 불제자가 되기로 마음먹었습니다. 그러니
호랑이를 죽일 수 없답니다."

우습기도 하고 재치가 넘치는 이야기였는데, 단순하면서도 뜻
이 깊었다. 아무튼 그날 저녁 무척 즐거운 시간을 보냈다. 밤이 늦
어 헤어지면서 우리는 몹시 아쉬워했다.

다음날 16살 된 다미아노 씨의 친척 동생이 부산으로 간다고 해
서 같이 가기로 했다. 소년의 어머니에게는 위로 두 아들이 더 있

었는데 시골보다 나은 생활을 하기 위해 이미 도시로 떠났다고 했다. 그런데 시골을 떠난 두 아들은 아무런 소식이 없었다. 이제 셋째 아들마저 떠난다고 하니 어머니는 슬픈 표정으로 아들을 바라보면서 "너는 네 형들을 닮지 말고 어미를 잊지 말아라."고 했다.

버스가 왔다. 우리가 오르자 곧 떠났다. 잠시 뒤 남사리는 먼지 가득한 길에서 점 하나가 되었다가 눈에서 사라졌다. 정말 행복한 추억이었다.

요양을 위해
미국으로 돌아가다

건강은 점점 더 나빠졌고, 환자가 된 나는 주교관의 여러 사람들에게 짐이 되고 말았다. 주교님과 주교관에서 같이 생활하는 다른 신부님들이 나를 딱하게 보는 눈치여서 마음이 여간 불편하지 않았다.

한국에 도착한 뒤 부산에서 보낸 몇 주간은 마치 신혼기 같았다. 그러나 주교관에서 먹는 음식이 체질에 맞지 않았는지 계속 설사를 했다. 그리고 무엇보다 너무 추웠다. 고해성사와 미사를 하는 동안 많은 시간을 난로도 없는 추운 성당에서 보내야 했다. 미사를 마치고 나면 뼛속까지 얼어붙은 몸으로 주교관의 내 방으로 돌아가곤 했다. 그런 날이면 밤새 몸을 뒤치락거리며 잠을 설쳤다.

그렇지만 마음은 여전히 신혼여행을 온 것처럼 더없는 기쁨을 느끼고 있었다. 다미아노 씨와 함께 하는 한국어 공부도 어려웠지만 무척 재미있었다. 한국어를 능숙하게 말하기 위해서는 아마 평생 공부해야 할 것 같았다. 그래도 스물여덟의 나이에 생각은 맑고 기억은 날카롭고 배우려는 의지도 강해 수업 진도는 잘 나갔다.

하지만 신혼기 같은 달콤함은 그렇게 오래가지 못했다. 한국에 온 지 한 달쯤 된 1958년 1월 어느 날, 대성당에서 새벽 미사를 드리다가 아주 극적인 상황을 경험했다. 성찬 예절 도중 온몸의 피가 아래로 쭉 흘러내리는 듯하더니 별안간 차고 끈끈한 식은땀이 흐르기 시작했다. 도무지 미사를 계속 집전할 수가 없었다. 제대 앞으로 다가가 성체포_{미사 때 성체와 성작을 올려놓는 네모난 보자기} 위에 성작미사 때 포도주를 담는 잔을 놓은 다음, 두 손으로 제대를 짚고 몸을 안정시킨 뒤 깊은 숨을 천천히 들이마셨다.

그런데 갑자기 머리가 어지럽고 핑 돌았다. 그 다음에는 무슨 일이 일어났는지 전혀 기억이 나지 않는다. 눈을 뜨고 보니 복사미사 때 신부를 돕는 어린아이와 성당지기가 제대 바닥에 누운 나를 일으켜 세우려고 애쓰고 있었다. 그리고 포도주를 담았던 성작이 내 옆에 뒹굴고 있었다.

성작을 집어들어 제대 위에 놓은 다음 두 사람의 부축을 받으며 제의실로 돌아갔다. 현기증이 어느 정도 가실 때까지 몇 분 동안 두 손으로 제의실 옷장을 붙들고 서 있었다. 그런 다음 제의를 벗고 제의실을 나와 성당 안쪽 벽을 따라 출구 쪽으로 천천히 걸어 갔다. 놀란 신자들이 걱정 어린 눈으로 나를 쳐다보고 있었다.

방으로 돌아오자마자 쓰러지듯 침대 속으로 들어갔다. 잠시 뒤 누군가가 뜨거운 물이 담긴 병 두 개를 가지고 와 침대 속에 밀어 넣어주었다. 너무 뜨거워 몸이 데일까 신경을 쓰는 순간, 이번에는 또 다른 누군가가 문을 두드리더니 열 명이 넘는 사람들이 방으로 들어왔다. 쓰러지는 내 모습을 본 신자들이 걱정이 되어 한 꺼번에 몰려왔던 것이다.

그들은 침대 담요를 만져보고, 베개를 목 밑에 넣어 바로 세우고, 잔에 물을 따르면서 도움과 위로가 된다고 생각하는 말을 아끼지 않았다. 그러나 그 사람들의 관심과 정성이 너무 지나쳐 나는 숨이 막힐 것 같았다. 나가 달라고 소리 지르고 싶었지만 아무 말도 할 수가 없었다. 누군가가 빨리 와서 그들을 내 방에서 내보내 주었으면 했다.

그때 또 누군가가 문을 두드렸다. 메리놀 병원에서 온 아뉴스 테레사 의사 수녀님이었다. 수녀님은 방에 들어오자마자 사람들을 모두 밖으로 나가게 한 뒤, 진찰을 하고는 약을 주면서 2,3일 뒤에 다시 오겠다 했다. 그러고는 침대에 계속 누워 있을 것을 당부했다.

짐이 되어버린 선고 사제

이틀이 지나자 배가 심하게 아프면서 먹고 싶은 욕구가 완전히 사라졌다. 약속한 날에 다시 온 테레사 수녀님은 걱정이 가득한 얼굴로 나를 쳐다보았다. 내 몸의 증상에 대해 이야기하면서 세면대 위에 걸려 있던 거울을 내 앞에 가져다 놓고는 보라고 했다. 얼굴이 노랗게 변해 있었다.

급성 간염이라고 했다. 약 6주간 요양이 필요하며 완전히 회복하기까지는 12주 이상이 걸린다고 했다. 수녀님은 내게 아무 일도 하지 말고 조용히 침대에 누워 있으라고 했다. 책도 읽지 말고 오직 누워 있어야만 한다고 했다. 나는 수녀님 말대로 했다. 하지만 병은 좀체 낫지 않았다. 오히려 소화 장애마저 생겼다. 병은 조금 나아졌다가 더 나빠지고 다시 나았다가 나빠지기를 되풀이했다.

그때만 해도 한국에서는 병으로 쓰러지면 회복하기가 어려웠다. 의료 시설이 거의 없다시피 했기 때문이다. 이런 사실을 잘 알고 있던 나는 여간 걱정스럽지 않았다. 그렇지만 어떻게든지 이겨내 보려고 온갖 노력을 다 기울였다.

10여 개월 동안 노력했지만 소용이 없었다. 건강은 점점 더 나빠졌고, 환자가 된 나는 주교관의 여러 사람들에게 짐이 되고 말았다. 주교님과 주교관에서 같이 생활하는 다른 신부님들이 나를 딱하게 보는 눈치여서 마음이 여간 불편하지 않았다. 겉으로는 여전히 친절했지만 모두들 내가 미국으로 돌아가기를 바라는 분위기가 분명했다. 나를 치료하던 테레사 수녀님 역시 건강을 위해 미국으로 돌아가 1~2년 동안 요양을 하다 오는 것이 좋겠다고 했다. 그 말에 나는 무척 화가 났다.

"수녀님, 제가 이곳에 오기 위해 보낸 세월과 희생을 조금이라도 아신다면 감히 저에게 그런 말을 하지는 못할 것입니다."

말은 그렇게 했지만 정말이지 내 건강은 심각한 상태였다. 그래서 나는 미국 대신 일본으로 가겠다고 했다. 당시 일본에는 벨기에 루뱅 대학에서 같이 공부했던 친구 신부가 있었다.

일본은 생활환경이 한국보다 나았고, 의료 시설을 비롯해 건강을 회복하는 데 여러모로 여건이 좋겠다 싶었다. 그렇게 해서 일본으로 건너갔고 서너 달 동안 휴식을 가진 뒤, 다시 부산으로 돌아왔다.

하지만 몸은 완전히 회복되지 않았다. 여전히 다른 사람들의 짐이 될 정도로 건강은 좋지 않았다. 결국 나는 미국으로 돌아가 건강을 회복한 뒤 다시 오기로 마음먹었다. 최 주교님 역시 내 의견은 묻지도 않고 음식과 생활환경을 바꾸기 위해 내가 미국으로 돌아가야 한다고 이미 결정을 내린 상태였다.

그리고 최 주교님은 내게 내가 부산 교구의 유일한 미국인 신부라는 사실을 마음에 새기고, 미국에 가서 요양하면서 부산 교구를 위해 모금 활동을 하고, 또 부산 교구에서 일할 선교사 신부를 구해 보내라는 임무를 내렸다.

화물선을 얻어 타고 미국으로 가다

당시 미국으로 가는 편도 비행기 값이 5백 달러였는데 내게는 그만한 돈이 없었다. 뿐만 아니라 주교관의 돈주머니도 똑같이 비어 있었기 때문에 최 주교님은 미국으로 돌아가는 내게 비행기 표를 사줄 돈이 없다고 했다. 하지만 나는 처음부터 주교님에게 도움 받을 생각이 전혀 없었다.

몇 주 동안 수소문한 끝에 마침 부산에서 일본 요코하마를 거쳐 미국 샌프란시스코로 가는 부정기 화물선이 있다는 사실을 알아냈고, 선장을 만나 공짜로 배를 얻어 탈 수 있게 되었다. 나는 부산을 떠나기 전 한국의 가난한 모습을 카메라에 많이 담았다.

슬라이드로 만들어 미국에서 모금 활동을 할 때 사용하기 위해서였다.

12개의 큰 방과 휴게실, 일광욕을 위한 넓은 갑판 그리고 너울거리는 깊고 푸른 바다. 모두가 화물선의 한 명뿐인 승객인 나를 위한 것이었다.

샌프란시스코의 금문교를 향해 드넓은 북태평양을 앞뒤로 또 좌우로 흔들거리면서 항해하는 화물선에서는 할 수 있는 일이 그리 많지 않았다. 휴게실에서 자동전축동전을 넣어 원하는 레코드판을 듣는 전축을 듣거나 갑판 위를 거닐고, 배 주위를 날면서 수면에 살짝 잠겼다가 솟아오르는 갈매기들을 구경하고 책을 읽으면서 시간을 보냈다. 어떤 때는 태평양의 거친 물결에 미친 듯이 흔들리는 배가 무사히 항해를 마칠 수 있을지 걱정을 하기도 했다. 하지만 항해는 무사히 끝났다.

부산항을 떠난 지 13일 만에 화물선 마우브레이 호는 오클랜드 항구에 닻을 내렸다. 화물선에서 승선 사다리를 아래로 내리자 가방을 팔에 낀 세관원들이 배 위로 올라왔다. 그들은 휴게실에 사무실을 차리고 여권 확인과 짐 검사를 시작했다.

"신부님, 그 안에 무엇이 들어 있습니까?"

한 세관원이 내가 갖고 있던 낡은 군용 가방을 가리키며 물었다.

"혹시 금이나 아편 아닙니까?"

"둘 다요."

그러자 세관원은 잠시 나를 쳐다보더니 이내 웃으면서 이렇게 말했다.

"좋습니다, 신부님. 가도 됩니다."

자신을 머피라고 소개한 혈색 좋고 약간 뚱뚱한 몸집의 세관원은 내게 다음 여행 계획을 물었다. 나는 샌프란시스코에서 워싱턴으로 가는 밤 11시 45분 비행기가 있는데 가능하면 그 비행기를 타고 싶다고 말했다.

"신부님, 괜찮으시다면 제가 30분 뒤면 일이 끝나는데 저희 집으로 가서 식구들과 함께 저녁 식사를 하고, 그 다음 제가 공항까지 모셔다 드리면 안 될까요?"

그 사람은 내가 가난한 한국에 선교사로 갔다가 건강이 좋지 않아 요양 차 돌아오는 길이며, 비행기 값이 없어 배를 얻어 타고 왔다는 이야기를 선장에게 들은 모양이었다.

한국에 머물다가 고국인 미국 서부 항구도시로 돌아온 첫 느낌은 미국은 정말 휘황찬란한 곳이구나 하는 것이었다. 높은 빌딩과 화려한 모습 속에서 나는 부산에서 본 수천 개의 천막집과 판잣집들, 발 디딜 틈 없이 사람들로 넘치는 지저분한 거리, 거지들, 고아들, 피난민들, 넝마주이들, 쓰레기 매립장에서 쓸 만한 물건들을 줍는 사람들, 무료 급식소 앞에 길게 줄을 서서 기다리는 배고픈 사람들이 떠올랐다. 두 나라는 너무나 달랐다.

부두를 떠난 머피 씨의 자동차는 얼마 뒤 고속도로로 들어갔다. 우리가 탄 자동차는 마치 흐르는 물결처럼 달리는 승용차들 속으로 끼어들었다. 머피 씨의 핑크색 승용차는 우리 주위를 달리는 올스모빌, 포드, 플리머스, 체비스, 머큐리 그리고 캐딜락 같은 차들과 함께 신나게 달렸다. 일요일 늦은 오후의 해질 무렵이었다.

자동차에 탄 사람들은 바닷가나 산에서 즐거운 주말을 보내고 편안한 집으로 돌아가고 있을 터였다. 그들은 집으로 돌아가 짐을 풀고, 맛있는 저녁 식사를 하고, 푹신한 소파에 앉아 잠들 때까지 좋아하는 텔레비전 프로그램을 볼 것이다.

잠시 뒤 자동차는 고속도로를 벗어나 한적한 마을길로 들어섰다. 깨끗하고 멋진 집들이 나타났다. 물 뿌린 잔디에서 신선한 풀 냄새와 갓 피기 시작한 꽃향기가 진동했다.

머피 씨 집에 도착했다. 집은 적당히 컸는데, 넓은 잔디밭이 딸린 전형적인 중산층 집이었다. 안으로 들어가자 내부는 시원하고 쾌적했으며 아름답게 꾸며져 있었다.

머피 씨 부인은 저녁 식사로 닭튀김과 으깬 감자와 샐러드 그리고 후식으로 아이스크림과 케이크를 내놓았다. 머피 씨는 다이어트를 한다면서 후식을 먹지 않았다. 저녁 식사 뒤 우리는 거실로 자리를 옮겼다. 머피 씨의 세 아이들은 부드러운 융단 위에 다리를 뻗은 채 텔레비전의 '레씨의 모험'을 재미나다는 표정으로 보고 있었다.

값비싼 생활에 대한 하느님의 질책

비행기 출발 시각까지 아직 서너 시간의 여유가 있었다. 머피 씨는 내게 그곳의 성당 신부님을 만날 뜻이 있느냐고 물었다. 좋다고 했더니 신부님에게 전화를 걸어 우리의 방문 의사를 알렸다. 본당신부님은 대환영하니 빨리 오라고 했다. 사제관은 차로 3분 거리에 있었다.

차에서 내리자 본당신부님이 현관에서 기다리고 있었다. 스미스라고 소개한 백발의 신부님은 명랑하고 따뜻하며 마음이 넓은 사람으로, 처음 보았지만 무척 호감이 갔다. 우리는 오랫동안 한국에 대해 이야기를 나누었다. 주로 스미스 신부님이 묻고 내가 대답하는 식이었다.

잠시 뒤 나는 사제관 구경에 나섰다. 놀랄 만큼 훌륭하고 12만 달러나 되는 값비싼 새 사제관이었기 때문에 구경할 가치가 있었다. 스미스 신부님은 차분하면서도 가벼운 흥분을 보이면서 마치 부동산 중개인 같은 말솜씨로 건물의 특징을 하나하나 설명해주었다.

냉난방은 모두 중앙 집중식이었고, 바닥에는 융단이 깔려 있고, 방마다 붙박이장이 있었는데 그 안에는 텔레비전이 있었다. 그리고 높낮이를 조절할 수 있는 의자가 딸린 고급 책상에는 간접조명 장치까지 설치되어 있었다. 게다가 전체 벽면은 나무 패널로 되어 있었다.

사제관을 구경시켜주고 나서 스미스 신부님은 휴게실로 안내했다. 그런 다음 약간 슬픈 얼굴을 하더니 이렇게 말했다.

"형제여, 내 말 들어보게. 언젠가 우리는 이 값비싼 생활 때문에 하느님으로부터 질책을 받을 거라네. 암, 틀림없이 그럴 거야."

그 다음 스미스 신부님은 값비싼 술병과 술잔이 가득 진열된 훌륭한 유리장 앞에 서서 이렇게 말했다.

"형제여, 무엇을 들겠는가? 스카치 위스키? 아니면 버번 위스키?"

성당을 떠나 공항으로 가는 동안 스미스 신부님의 마지막 이야기가 계속 머릿속에서 맴돌았다. 호사스런 생활에 대한 하느님의 질책…. 그것은 일찍이 나로 하여금 메리놀회를 떠나게 했던 생각과 서로 통하는 데가 있었다. 그리고 그 생각은 가난하게 살고자 했던 내 생각을 뒷받침해주는 강력한 버팀목이 되기도 했다.

아무튼 나는 그렇게 다시 미국으로 돌아왔고, 한국의 가난한 사람들을 위해 무엇을 해야 할지 고민하기 시작했다.

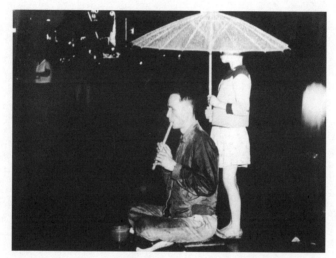

거리에서 피리를 불며 구걸하고 있는 맹인과 소녀

최 주교님과 함께한
모금 여행

주교님의 두려움은 쓸데없는 걱정이었다. 신자들은 주교님의 모금 호소를 잘 이해했고, 주교님의 강론은 그들의 마음을 감동시켰다. 그 감동은 곧바로 신자들의 지갑을 열게 했다.

미국에 돌아온 지 몇 달이 지나도 건강은 회복되지 않았다. 그래서 되도록 빨리 한국으로 돌아가려던 내 계획은 기대할 수 없게 되고 말았다. 그렇다고 무작정 가만있을 수도 없었다. 그래서 나는 한국의 가난한 사람들을 위한 모금을 하기로 마음먹었다.

1년 전 워싱턴에서 사제 서품을 받고 곧바로 워싱턴 대교구의 주교님을 찾아간 적이 있었다. 그때를 생각하며 대주교님을 다시 찾아갔다. 대주교님은 나를 반갑게 맞아주었지만 한 가지 사실은 확실하게 이야기했다. 내가 선택한 선교의 나라, 곧 한국을 위해 워싱턴 대교구 안에서는 단돈 1센트도 모금하지 말라는 것이었다. 그 까닭은 메릴랜드 주 남부의 시골 공소들을 돕기 위해 대주교님도 돈이 필요하기 때문이라고 했다.

그래서 나는 워싱턴을 벗어나 다른 지역으로 가기로 했다. 하지만 그때 내게는 돈이 많지 않았다. 그래서 버스를 타거나 지나가는 차를 얻어 타며 모금을 위한 여행을 했다. 구걸하는 사람이 가는 길에는 장미꽃이 피기도 하고, 어떤 때는 온통 가시밭투성이기도 하다. 간염을 앓던 나는 미국에서 요양하는 2년 동안 이 길을 여행했다. 처음에는 혼자서, 그리고 결코 잊을 수 없는 나머지 6개월은 최 주교님과 함께했다.

나는 교구 내 가톨릭 학교와 성당에서 강론을 하고, 수도원에서 한국 사진들을 슬라이드로 보여주거나, 교구의 선교국장 신부나 주교를 찾아가 한국의 가난한 사람들에 대해 이야기를 하고 돈을 모금했다. 돈이 조금씩 모이기 시작하자 효과적인 모금 여행을 위해 프랑스제 소형 르노 자동차를 샀다. 자동차가 생긴 뒤부터 모금 활동은 조금씩 성과를 거두기 시작했다. 모금 허락을 받은 성당에서 주일 미사 강론을 하며 선교 활동에 필요한 돈을 기부해줄 것을 호소했다. 결과는 무척 좋았다.

그즈음 최재선 주교님이 미국에 오셨다. 당시 외국의 많은 주교들이 도움을 청하기 위해 세계의 보물창고라고 일컫는 미국을 찾아왔듯이, 최 주교님도 자신이 맡고 있던 부산 교구를 위한 모금과 선교 사제를 구할 목적으로 오셨던 것이다.

최 주교님과 함께한 모금 여행

볼티모어 국제공항에 도착한 바로 그날부터 주교님과 나는 모금 여행에 나섰다. 길고 더운 여름 동안 서쪽으로는 미니애폴리스까지, 북쪽으로는 캐나다의 몬트리올, 남쪽으로는 멕시코의 멕시코시티까지 여행을 했다.

최 주교님에게 그 여행은 태어나 한국을 떠난 첫 해외 나들이였다. 경상도 산골의 구석진 마을에서 가난한 농사꾼의 아들로 태어난 주교님은 바다 건너 저편에 있는 미국에 대해 말과 글로는 알고 있었지만 막상 직접 와서 자신의 눈으로 미국의 풍요로움을 보자 가벼운 쇼크 상태에 빠지기도 했다.

나는 주교님이 도착하기 전에 주교님과 같이할 6개월 동안의 모금 여행 일정을 미리 계획해놓고 있었다. 미국 전역에 흩어져 있는 50개 이상의 성당에서 주교님이 모금 강론을 할 수 있도록 본당신부들에게 미리 허락을 받아놓았던 것이다.

모금 여행은 한동안 망설임과 두려움의 연속이었다. 하지만 얼마 지나지 않아 일정한 틀이 갖춰졌고, 그러자 그렇게 힘들지 않았다. 금요일이 되면 일요일에 강론할 성당으로 주교님을 모셔 가서 본당신부에게 소개한 다음, 주교님을 그 성당에 남겨두고 나는 다른 성당으로 가서 주교님의 이름으로 모금 강론을 했다.

월요일이 되면 다시 주교님을 모시러 갔다. 그리고 나머지 요일에는 미국 주교들과 수도회 장상들을 찾아가거나, 우리가 방문하는 지역에 있는 신학교나 수녀원을 찾아가 강론을 하고 한국에 관한 슬라이드를 보여주었다.

월요일은 일주일 가운데 가장 좋은 날이었다. 주교님을 모시러 가면 주교님은 언제나 기쁜 얼굴로 나를 맞이했다. 나를 보자마자 방으로 안내하고는 기쁨이 가득한 눈으로 말했다.

"대성공이야, 대성공!"

그러고는 모금 총액을 말해주었다. 그 금액은 언제나 큰 액수였다. 주교님은 마치 마술사가 옷소매에서 계속 색종이를 끄집어내듯 정신없이 현금과 수표 그리고 이름과 주소가 적힌 후원금 약정서들을 호주머니에서 끄집어냈다. 그런 다음 주교님은 내게 물었다.

"신부님의 모금은 어땠습니까?"

내 대답은 언제나 약간 실망적이었다. 왜냐하면 큰 성당은 주교님 몫이었고 나는 일부러 작은 성당을 골라 갔기 때문이다. 게다가 나는 신부였지 주교가 아니었기 때문에 언제나 주교님보다 모금액이 적었다.

주교님은 어디를 가나 사람들에게 좋은 인상을 주었다. 비록 영어는 초보적이었지만 크게 문제가 되지 않았다. 미국 사람들은 주교님의 진실성과 순진성에 본능적으로 좋은 반응을 보였던 것이다.

주교님의 모금 강론

주교님이 미국에 도착한 지 3일째 되던 날, 볼티모어 대교구의 새로 지은 성모 대성당에서 첫 번째 강론을 했다. 그 건물은 특별한 건물이었다. 모든 영화를 누린 솔로몬도 그렇게 호화로운 궁전을 가지지는 못했을 것이다.

성당 건물의 건축 가격은 당대 최고의 금액이었을 뿐 아니라 성당에 딸린 사제관도 세상에서 가장 값비싼 건축물이었다. 젠킨스

최재선 주교님은 비록 영어 실력은 초보적이었지
만 인상이 좋고 진실하고 순수했기 때문에 어딜 가
나 미국 사람들로부터 존경과 사랑을 받았다.

라는 신자가 엄청난 금액을 기부하면서 오로지 대성당을 짓는 데만 사용하라는 유언을 남겼기 때문이다. 당시 볼티모어 대교구는 대성당이 전혀 필요가 없었다. 그래서 그 유언을 바꾸려고 법적으로 많은 노력을 했지만 이루지 못했다. 그러다보니 그 많은 돈이 헛되이 쓰인다는 것을 알면서도 할 수 없이 기념물적인 성당 건물을 지었던 것이다.

토요일 오후, 그 거대한 성당에 도착한 주교님은 다음날 아침 신자들로 가득 찬 성당의 강론대에서 영어로 강론할 것을 생각하자 겁이 아니라 공포에 사로잡히고 말았다. 당시 부산 교구의 대청동 대성당을 본 사람이면 누구든지 주교님의 마음을 쉽게 이해할 수 있을 것이다. 부산의 대성당은 그 건물에 견주면 마치 큰 저택의 자동차 차고 같았다. 주교님의 거처가 있는 중앙성당의 주교관 역시 그 대성당의 사제관에 견주면 아주 보잘것없는 작은 건물에 지나지 않았다.

주일 첫 미사는 아침 7시에 있었다. 7시 15분 전, 나는 본당신부님과 함께 주교님 방으로 가서 문을 두드렸다. 마치 사형수를 데리러 온 집행관 같은 기분이 들었다. 그런데 방 안에서 아무런 응답이 없었다. 두 번, 세 번 문을 두드렸지만 여전히 아무 대답이 없었다.

시간은 점점 흘렀고, 본당 신부님이 안절부절못해 할 수 없이 문을 열고 들어갔다. 주교님은 방 안을 왔다갔다 하며 5분밖에 안 걸리는 짧은 강론 원고를 큰 소리로 읽고 있었다. 너무 두려웠던 나머지 큰 소리로 읽고 또 읽느라 방문을 두드리는 소리를 듣지 못했던 것이다. 주교님은 내게 한번 들어보라고 했다. 나는 시간이 없다고 말한 뒤 주교님의 소맷자락을 잡고 복도로 모시고 나왔다. 본당신부는 주교님의 왼쪽에, 나는 오른쪽에 선 채 세 사람은 아무 말없이 제의실을 향해 걸어갔다.

그러나 주교님의 두려움은 쓸데없는 걱정이었다. 신자들은 주교님의 모금 호소를 잘 이해했고, 주교님의 강론은 그들의 마음을 감동시켰다. 그 감동은 곧바로 신자들의 지갑을 열게 했다.

미사가 끝나자 주교님은 기념 사진을 찍자고 했다. 대성당 정면에서, 강론대에서 그리고 사제관 건물 앞에서 우리는 사진을 찍었다. 한국에 돌아가서 아무리 말로 설명해봤자 사람들이 믿으려들 것 같지 않아 증거물로 사진이 필요하다고 했다.

주교님의 인사

주교님이 보스턴 대교구장인 쿠씽 추기경을 방문한 사실도 기억할 만한 일이다. 내가 시간 약속을 하기 위해 추기경에게 전화를 했을 때 전화를 받은 사람이 바로 추기경이었다. 전에 한 번 만났던 적이 있기 때문에 으르렁거리는 듯한 거칠고 쉰 목소리를 단번에 알아차릴 수 있었다.

"그래, 원하는 게 뭔가?"

나는 방문 시간 약속을 하고 싶다고 말했다. 그날 오후 2시, 주교님과 나는 서재에서 추기경을 기다리고 있었다. 2시 조금 지나 엘리베이터 문이 열리면서 추기경이 나타났다. 아마 낮잠을 즐겼던 모양인지 눈을 비비며 수단성직자가 제의 밑에 받쳐 입거나 평상복으로 입는, 발목까지 오는 긴 옷 단추를 채우면서 걸어 나왔다.

추기경은 손을 흔들면서 "주교님, 안녕하세요?"라고 했다. 나는 주교님도 "추기경님, 안녕하세요?"라고 말하기를 기다렸다. 그런데 주교님은 무릎을 꿇고 추기경의 반지에 입을 맞추는 것이 아닌가! 나는 주교님이 당당하지 못하고 너무 의기소침해 하는 것 같아 여간 속상하지 않았다.

이야기 도중 주교님이 한국 교회의 어려운 사정에 대해 이야기하자 추기경은 뚱딴지 같이 남미 교회에 대한 자신의 생각을 이야기했다. 추기경은 남미의 주교들이 세상과 동떨어진 생활을 하며 남미 교회가 부자 편에 서 있다는 사실을 오랫동안 비난했다. 또 그곳에서 필요한 것은 사회혁명뿐이라며 자신의 생각을 말하기도 했다.

재정 지원을 약속 받은 뒤 추기경과의 면담을 끝내고 우리는 그곳을 떠났다. 주교님은 만나는 사람들을 자신의 성격대로 순수하고 진지하게 대했다. 미국에서 만난 여러 고위 성직자 가운데 쿠씽 추기경은 주교님에게 강한 인상을 주었을 것이다. 쿠씽 추기경을 만나본 사람은 누구나 그의 독특하고 부드러운 마음씨와 소박한 인상을 좋아했다. 이처럼 대부분의 미국 주교들은 쿠씽 추기경처럼 최 주교님을 따뜻하게 맞아주었고, 최 주교님의 말을 잘 들어주었다.

그러나 예외도 있었다. 중서부에 있는 한 교구 주교님의 경우였다. 우리가 손님방에서 무려 두세 시간을 기다렸으나 그곳 주교님은 나타나지 않았고, 약속을 지키지 못하는 사유도 전해주지 않았다. 최 주교님은 당연히 화가 났다. 자동차를 타자마자 호주머니에서 담뱃갑을 꺼냈다. 미국으로 오는 비행기 안에서 공짜로 받은 것이라고 했다. 주교님과 나는 원래 담배를 피우지 않았다. 주교님은 한 개비를 내게 주고 또 한 개비를 입에 물면서 말했다.

"소 신부, 담배나 피웁시다. 나는 화가 나면 담배에 불을 붙입니다. 때로는 화가 담배 연기와 함께 사라지지요."

그 말이 내 흥미를 끌었다. 나는 담배를 다 피운 다음 주교님에게 물었다.

"이젠 기분이 좋아졌습니까?"

"아니요."

주교님은 그렇게 말하면서 묵주를 꺼내더니 "묵주기도나 합시다."라고 했다. 그리고 묵주기도를 한 뒤에는 기분이 좋아졌다고 했다.

주교님의 한국식 배려

최 주교님은 주교로서의 예우를 받으려고 하는 분이 전혀 아니었는데, 한번은 멕시코에서 만난 한 위엄 있는 주교가 우리의 괴상한 예절을 보고 크게 놀라워했다. 심지어 그 주교가 나를 한쪽으로 불러놓고 교회의 의전 절차에 대해 짧은 강의를 할 정도였다.

그 가운데 가장 재미있었던 것은 자동차의 상석에 관한 것이었다. 자동차에서 가장 높은 자리는 뒷좌석 오른쪽인데, 나는 주교를 보좌하는 사람이기 때문에 먼저 주교가 차에 오르도록 문을 열어주고, 주교가 뒷좌석 오른쪽에 앉자마자 문을 닫고 재빨리 차 뒤쪽으로 돌아 왼쪽 좌석, 곧 주교님 왼쪽에 앉아야 한다는 것이었다. 물론 이 경우는 내가 운전을 하지 않을 때를 말했다.

이 예절을 가르친 멕시코 주교가 보는 앞에서 나는 우리를 태우고 갈 차의 오른쪽 뒷문을 열었고 최 주교님은 차에 올랐다. 나는 문을 닫고 급히 뒤로 돌아 왼쪽 문을 열고 차에 오르려고 했다. 그런데 최 주교님은 내가 짐작했던 대로 이미 오른쪽에서 왼쪽으로 옮겨 앉고 있었다. 멕시코 주교가 말한 상석을 비워놓고 내가 앉으려고 생각한 왼쪽 자리에 편하게 앉아 있었던 것이다.

이처럼 최 주교님은 내가 차문을 열어주면 먼저 타서는 늘 왼쪽으로 옮겨 앉아 내가 이른바 상석인 오른쪽에 앉을 수 있도록 했다. 이것을 보고 당황한 멕시코 주교님에게 나는 어깨를 으쓱 들어 보일 수밖에 없었다.

주교님의 영어

최 주교님과 이야기를 나눌 때 미국 사람은 천천히 그리고 명확한 소리로 말해야만 했다. 그래야 주교님이 상대방의 영어를 알아들을 수 있었다. 그러나 주교님에게는 이것이 별로 큰 문제가 되지 않았다. 왜냐하면 주교님은 자신과 대화하는 사람의 얼굴 표정을 읽을 줄 알 뿐만 아니라 훌륭한 연기를 할 수 있는 재능도 갖고 있었기 때문이다. 그래서 상대방은 주교님이 자신의 영어를 완벽하게 이해한다고 확신했다. 물론 언제나 그런 것은 아니었다.

한번은 주교님의 영어 때문에 곤란에 처했던 적이 있다. 캐나다 토론토의 성 요셉 수녀원에서 새로 지은 본원 건물을 방문했을 때다. 그 건물은 넓은 판유리와 대리석으로 꾸며져 있었고, 당시로서는 무척 값비싼 자동문이 설치된 최신식 건물이었다. 그런데 총원장 수녀님이 우리를 건물 안으로 안내할 때 주교님이 큰 소리로 "Too good! Too good!"이라고 말했던 것이다. 물론 그 말은 주교님 같은 경상도 사람들이 '매우 좋다'를 '너무 좋다'라는 말로 표현하는 습관이 있기 때문에 그것을 영어로 직역하여 말했을 뿐, 'Too good'이 '지나치게 좋다'라는 부정적인 뜻을 갖고 있다는 사실을 주교님은 미처 몰랐던 것이다.

아무튼 주교님의 말을 비난의 말로 받아들인 총원장 수녀님이 "아니요, 주교님. 너무 좋은 것은 아닙니다."라고 말하자 주교님은 더 큰 소리로, "Yes, Yes, Too good! Too good!"이라고 했다.

내가 주교님에게 'Too good'의 뜻을 설명했지만 그 표현을 너무 좋아한 주교님은 쉽사리 고치려고 하지 않았다. 불행하게도 주교님이 미국에서 본 것은 거의 모두가 'Too good'이었기 때문이다.

본원 건물을 구경한 뒤 총원장 수녀님과 엄숙한 표정을 한 보좌 수녀님들이 음료수와 과자를 앞에 놓고 주교님 주위에 둘러앉아 이야기를 나누는 시간을 가졌다. 즐겁고 유쾌한 순간이었다. 수녀님들은 모두 상냥하게 미소 짓고 있었다.

미소 짓고 있는 수녀님들을 보고 몹시 기분이 좋아진 주교님은 '나는 미소 짓는 수녀님들을 만나면 언제나 무척 기분이 좋습니다.'라는 말을 하려다가 '스마일smile'이란 단어 대신 '냄새나다'는 뜻의 '스멜smell'이란 단어를 사용해버렸다. 그 말을 들은 수녀님들의 얼굴이 순식간에 굳어졌다. 나는 곧바로 조용한 목소리로 대화에 끼어들어 "주교님의 스멜smell이란 말은 스마일smile을 잘못 말한 것입니다."라고 설명해주었다. 그런데 내 말을 들은 주교님은 더 큰 소리로 "그래요, 내가 말한 것은 스멜, 스멜입니다."라고 말해버렸던 것이다.

주교님의 눈

최 주교님과 같이 여행을 하다 보니 나도 한국인의 눈으로 미국을 새롭게 보게 된 경우도 많았다. 그것은 뜻있는 가르침이 되기도 했다.

114

모금 여행을 하던 중 처음으로 주교님과 길가에 있는 식당에서 식사를 할 기회가 있었다. 우리는 프라이팬에 지진 치즈를 넣은 샌드위치와 콜라, 아이스크림을 주문했다. 여종업원이 음식을 식탁에 놓은 다음 계산서를 뒤집어 식탁 위에 놓고 갔다. 그런데 내가 그것을 집기 전에 주교님이 먼저 집어버렸다. 아래쪽에 1달러 20센트라고 적혀 있었다. 갑자기 주교님의 두 눈이 놀란 듯이 크게 벌어졌다.

"이 간단한 식사가 1달러 20센트라니! 이 돈은 한국 노동자의 하루 벌이보다 많은 돈인데…."

그런 상황에서 나는 또 25센트짜리 동전을 팁으로 식탁에 놓아야만 했다. 이 모습을 또 주교님이 보고 말았다. 당시 모금 여행을 통해 모은 돈은 주교님과 내가 공동으로 관리하고 있었다. 그래서 나는 미국의 팁 문화를 모르는 주교님에게 팁에 대해 길게 설명을 해야 했다. 이런 일이 있은 뒤부터 점심은 식당에 가는 대신, 아침에 땅콩버터나 소시지 또는 치즈로 샌드위치를 만들어 갖고 다니다가 점심시간이 되면 주유소에 있는 음료수 자판기에서 콜라를 사서 차 안에서 먹었다.

한번은 뉴욕 주의 로체스타로 가는 길이었다. 펜실베이니아 주의 초록으로 뒤덮인 고지대의 아름다운 산길에 차를 세우고 아침에 만든 샌드위치로 점심 식사를 했다. 식사 뒤 나는 빈 병을 하늘 높이 던져 그것이 산 아래 텅 빈 풀밭으로 굴러가는 모습을 내려

최 주교님 역시 가난한 아이들의 교육에 남다른 관심을 갖고 있었다.

다보고 있었다. 이것을 본 주교님이 웃으면서 말했다.

"다음에는 한국까지 멀리 던져요. 가난한 사람들이 주워갈 수 있도록 말이요, 허허허!"

주교님의 식사

몇 주 동안 계속 여행한 끝에 우리는 모금 운동 본부 사무실 역할을 하던 워싱턴의 아버지 집으로 돌아왔다. 마침 아버지와 여동생들이 휴가를 떠나 집에는 아무도 없었다. 저녁 식사를 준비해줄 사람이 없어 주교님에게 밖에 나가 사 먹자고 했다. 그런데 주교님은 부드러운 얼굴로 이렇게 말했다.

"한국의 많은 사람들이 굶주리고 있는데 내가 어찌 식당에서 이 귀한 돈을 쓸 수 있겠습니까? 그냥 냉장고에 있는 빵과 우유로 때웁시다."

첫날은 할 수 없이 그렇게 했지만 다음날부터는 텔레비전 식사 오븐에 가열만 하면 요리가 되는 냉동식품으로, 텔레비전을 보면서 준비할 수 있다고 해서 텔레비전 식사라고 함 가운데서도 최고의 음식으로 주교님을 대접했다.

아버지 집에서 주교님은 반가운 손님이었다. 더구나 주교님은 평신도보다 대접하기 쉬웠다. 하루는 여동생이 외출중이었고, 아버지는 텔레비전 식사를 싫어했기 때문에 내가 소고기 스테이크를 요리했다. 식사가 끝나고 우리 세 사람은 거실에서 텔레비전을 보고 있었다. 그때 주교님이 걱정이 되었는지 아버지에게 이렇게 물었다.

"설거지는 누가 하지요?"

"누구라니요? 물론 주교님이지요. 주교님 차례가 아닙니까?"

아버지가 한 말은 농담이었다. 그런데 그 말이 떨어지자마자 주교님은 벌떡 일어나 윗도리와 로만칼라를 벗고 부엌으로 갔다. 곧바로 부엌 쪽에서 물 흐르는 소리와 냄비, 프라이팬, 접시 부딪히는 소리가 들려왔다. 나는 급히 부엌으로 가서는 아버지가 미국식 농담을 한 것이라고 설명했다. 그러나 주교님은 내 말에 개의치 않고 설거지를 계속했기 때문에 다시 거실로 모셔오는 데 약간의 노력이 필요했다.

한번은 알바니 교구의 사무처 건물에서 하룻밤을 지낸 적이 있다. 그날 저녁 사무처장 신부님이 우리를 식사에 초대했다. 식사가 시작되자 주방 아주머니가 주교님과 내 앞에 소고기 스테이크를 담은 접시를 가져왔는데, 스테이크의 크기가 젊은 벌목공이라도 다 먹으려면 힘들 정도의 크기였다. 나는 4분의 1 정도만 먹고 칼과 포크를 내려놓았다. 그러나 주교님은 애를 쓰면서 한 점의 고기도 남기지 않고 끝까지 다 먹었다.

그 뒤 주교님은 이틀 동안 고생을 했다. 나는 고기 양이 많은 것을 알면서 왜 남기지 않고 다 먹었는지 물어보았다. 주교님은 내 질문에 아깝기 때문이라고 했다.

못 말리는 주교님

최 주교님이 미국에 처음 왔을 때 뒷굽이 높은 이상한 검은 구두를 신고 있었다. 도대체 어디서 그런 구두를 구했는지 알 수가 없었다. 그렇다고 물어보기도 뭣해서 그냥 궁금해하기만 했는데, 하루는 그 이상한 구두 때문에 주교님이 발을 삐고 말았다. 더 이상 호기심을 참지 못하고 그 이상하게 생긴 구두를 어디서 구했는지 물어보았다.

"아, 이 구두? 부산에 있는 메리놀회 수녀님이 준 거예요."

그제야 의문이 풀렸다. 그 구두는 외국 수녀님들이 신는 구두였던 것이다. 발을 삔 뒤, 아무리 설득해도 주교님은 새 구두로 바꾸려 하지 않았다. 할 수 없이 굽을 반으로 잘라내는 선에서 타협을 했다. 여전히 보기에는 이상했지만 그래도 더 이상 위험하지는 않았다.

주교님은 시력도 좋지 않은 편이었다. 그런데 끼고 있는 안경은 시력에 거의 도움이 안 되는 렌즈였다. 하루는 안경을 어디서 샀는지 물어보았다. 부산의 한 시장 길거리에서 아주 헐값에 샀다고 했다.

당장 안경점으로 가서 렌즈 검사를 했다. 결과는 안경 렌즈가 창문 유리보다 별로 나을 것이 없다는 것이었다. 결국 며칠을 설득한 끝에 겨우 새 안경을 맞출 수 있었다.

미국을 떠나기 몇 주 전 최 주교님은 미시건 주의 어느 대주교와 만나기로 약속이 잡혀 있었다. 그런데 머리가 너무 길어 이발을 하는 것이 좋을 것 같았다. 그래서 주교님에게 이발하러 가자고 했더니 단번에 "노!"라고 했다. 이유인즉 3주만 있으면 유럽으로 가는데, 유럽의 이발비가 미국보다 싸기 때문에 그때까지 기다리겠다는 것이었다.

도대체 유럽의 이발비가 미국보다 싸다는 것은 어떻게 알았을까? 어디에서 들은 것은 아닌 것 같고, 아마 미국 물가가 워낙 비싸다 보니 막연히 그런 생각을 한 것 같았다.

주교님의 리무진?

최 주교님이 처음 미국에 왔을 때 나는 소형 르노 승용차로 주교님 마중을 나갔다. 주교님을 태우고 차를 운전하면서 소형 르노가 무척 경제적인 차라고 설명했다. 그러면서도 한편으로는 주교의 신분에 있는 분을 모시기에는 너무 보잘것없는 차가 아닐까 하는 걱정을 하기도 했다. 그러나 주교님은 한국에서 타는 지프에 견주면 아주 고급이라고 했다. 그 말에 나는 큰 차 대신 작은 차를 계속 타고 다니기로 마음을 먹었다.

그런데 작은 차 때문에 우리는 재미있는 일도 많이 경험했다. 볼티모어에서 있었던 일이다. 어느 화창한 주일 오후, 돈 많고 영향력 있는 한 천주교 신자가 주교님을 위해 칵테일파티를 열어주었다. 파티는 그 도시의 부자들이 사는 고급 주택 지역에서 열렸고, 우리는 일찍 도착해서는 파티가 열릴 집 바로 앞에 차를 세워놓고 안으로 들어갔다.

손님들이 모여들고 파티가 시작되었다. 그때 파티를 베푼 집주인이 내게 다가와 현관 앞으로 가자고 했다. 그곳에는 한 경찰관이 나를 기다리고 있었다. 경찰 본부에서 교통정리를 하도록 보낸 경찰관이라고 했다.

마음씨 좋아 보이는 그 경찰관은 내 차를 다른 곳으로 옮겨 달라고 했다. 그렇지 않으면 교통경찰국에 연락해 견인차를 부르겠다는 것이었다. 이유인즉 내 차를 치워야 최 주교님이 타고 올 리무진이 집 바로 앞에 도착할 수 있다는 것이었다.

나는 주교님의 리무진은 이미 도착했다고 했다. 그러고는 사실 저 작은 차가 주교님이 타고 온 차라며 오후 햇살에 반짝이는 소형 르노를 가리켰다. 집주인은 크게 당황하는 표정이었다. 그때 경찰관이 점잖게 말했다.

"신부님, 저는 성공회 신자입니다. 우리 성공회의 거드름 피우는 주교들도 캐딜락이나 콘티넨탈을 타고 돌아다니는 대신 저런 작은 차를 타고 다니면 얼마나 좋겠습니까?"

경찰관의 말에 나는 "아멘!"이라고 대답하고는 칵테일파티가 열리는 곳으로 돌아갔다.

우주인이 된 주교님

6개월 동안 미국 전역을 여행한 끝에 주교님과 나는 잠시 헤어져야 했다. 주교님이 먼저 유럽으로 떠나고, 몇 주 뒤 다시 유럽에서 나와 만나 모금 활동을 계속한 뒤 함께 한국으로 돌아가기로 했기 때문이다.

나는 주교님을 위해 로마로 가는 이태리 항공사의 비행기 표를 샀다. 그런데 주교님의 짐을 싸면서 무게를 달아보니 항공사에서 한 사람에게 허용하는 무게보다 12파운드약 5.5킬로그램가 더 나갔다. 1파운드마다 더 내야 하는 돈이 2달러였으니 추가 요금이 24달러나 되었다.

워싱턴에서 뉴욕 공항까지 차를 타고 가는 내내 주교님은 더 내야 하는 돈 때문에 걱정을 태산같이 했다. 게다가 뉴욕 공항에서는 15달러에 달하는 주차비 청구서를 주차관리인이 와이퍼 밑에 끼워놓고 갔다. 이상하게 보는 주교님에게 나는 사실을 말할 용기가 나지 않았다. 그래서 그 청구서는 복지 기금을 내 달라는 뉴욕 시의 안내문이라고 둘러댔다.

공항에 도착하자마자 우리는 이태리 항공사 카운터로 가서 줄을 섰다. 그때 갑자기 급한 일이 생각나 전화를 걸려고 공중전화기로 갔다가 꽤 오랜 시간이 지난 뒤 돌아와 보니 주교님은 이미 탑승 수속을 끝낸 상태였다. 나는 주교님에게 돈을 얼마 더 냈는지 물어보았다. 그러자 주교님은 승리의 미소를 띠며 말했다.

"한 푼도 안 냈어요. 오히려 내 짐 무게는 한계 무게보다 약간 덜 나갔어요."

그제야 나는 주교님의 모습이 약간 이상하다는 생각을 했다. 가까이에서 본 주교님의 모습은 도저히 웃음을 참을 수 없을 정도였다. 주교님은 짐 무게를 줄이기 위해 가방에서 겨울 외투를 두 벌이나 꺼내 양복 위에 껴입고, 작으면서 무게가 많이 나가는 물건들을 외투 호주머니에 집어넣었던 것이다. 그러니 얼마나 우스꽝스러웠겠는가! 그 무더운 9월 중순 여름에 말이다. 그래도 주교님은 편안한 모습을 하고 있었다.

아무튼 주교님은 24달러라는 돈을 아꼈고, 그 돈은 한국 교회의 전교회장에게 줄 수 있는 한 달치 월급보다 훨씬 많은 돈이었다. 그런 일을 통해서 주교님은 마음의 위로를 얻고, 자신의 영혼에 시원한 위안을 받고 있었다. 그러나 몸을 뒤뚱거리며 비행기 탑승 계단을 오를 때의 주교님 모습은 로마로 가는 고위 성직자가 아니라 마치 외계로 떠나는 우주인처럼 보였다.

다시 돌아온 한국,
부산을 걷다

한국에 다시 돌아온 뒤 선교지로 선택한 부산을 재발견하고 가난한 사람들의 생활을 이해하기 위해 시내를 참 많이도 걸어 다녔다. 당시의 부산 형편을 몇 마디 말로 표현하기란 쉽지 않다.

한 달 뒤 파리에서 다시 주교님을 만나 3주 동안 유럽을 돌며 모금을 하고 한국으로 돌아왔다. 그때가 1961년 12월이다. 주교님과 나는 성탄에 맞추어 귀국했고, 부산 중앙성당에서 성탄 대축일 아침 미사를 봉헌한 주교님은 성당을 가득 메운 신자들에게 자신의 성공적인 모금 활동과 무사 귀국에 관한 내용을 강론했다. 주교님은 강론 도중 감정이 복받쳐 눈물까지 흘렸다. 주교님의 감동적인 여행담에 많은 신자들도 소리 내어 울었다.

내가 요양을 하기 위해 미국으로 떠난 후에 한국에서는 많은 변화가 있었다. 가장 먼저 정부가 바뀌어 있었다. 1961년 무혈 쿠데타로 군인들이 정권을 장악했던 것이다. 훗날 총선거를 통해 정권을 합법화한 그들은 강압적인 통치로 그럭저럭 효과적인 국가 운영을 하고 있었다. 그 때문인지 부정부패가 어느 정도 없어진 것 같기도 했고, 거리도 한결 깨끗해진 것 같았다.

하지만 한국은 여전히 가난한 나라였다. 아래 계층 사람들의 생활은 결코 편안하지 못했다. 한국에 다시 돌아온 뒤, 선교지로 선택한 부산을 재발견하고 가난한 사람들의 생활을 이해하기 위해 시내를 참 많이도 걸어 다녔다.

당시의 부산 형편을 몇 마디 말로 표현하기란 쉽지 않다. 부산은 한 가지 모양의 생활만이 있는 곳이 아니라 여러 잡다한 생활 집단이 섞여 있는 복잡한 도시였기 때문이다. 당시 부산 시내를 다니며 내가 직접 눈으로 본 모습들은 이러했다.

감색 바지에 흰 블라우스를 입고 단발을 한 여학생들이 노래를 부르며 학교에 가고 있다. 한국 사람들은 노래하기를 좋아한다.

화려하고 밝은 색채로 인쇄된 극장 광고판 앞에서 사람들이 발길을 멈추고 서 있다. 메릴린 먼로가 나오는 '버스 정류장'이란 영화다. 입장료 1백 환을 내면 가난의 번뇌를 벗어나 얼마 동안 큰 자동차에 화사한 옷을 입은 미국 사람들의 부유한 생활을 보여주는 할리우드의 꿈같은 세계에 빠져들 수 있다.

공원에서는 머리에 수건을 두르고, 거친 날씨에 가죽같이 변한 얼굴 피부를 가진 아낙네가 지나는 행인에게 장난감 총과 활을 쏘아보라며 권한다. 그 총이나 활로 표적이 되는 황소의 눈을 맞히면 캐러멜 한 갑을 딸 수 있다. 아낙네는 젖먹이를 등에 업고 있다. 등에 업은 아기가 배고파 보채면 가슴 앞으로 돌려 젖을 물린다.

한구석에서는 사람들이 자신의 운세를 알기 위해 노인의 설명을 듣고 있다. 토정비결을 알려주는 노인들은 대개 갓을 쓰고 긴 담뱃대를 물고 있다. 으레 이 사람들의 주위에는 가만히 있지 못하는 아이들이 뛰어놀기 마련이다.

약 파는 장수는 북을 등에 멘 채 발을 움직여 북을 두드리고, 손으로는 바이올린을 연주한다. 사람들이 삥 둘러서서 구경한다. 또 다른 곳에서는 피리 부는 눈먼 소년을 구경하기 위해 사람들이 모여 있다.

거리에는 할 일 없는 사람, 한 끼 식사를 얻으려는 사람, 구경거리를 찾아 심심한 자신을 잊고 싶어 하는 사람들로 가득하다. 길에서 아주 작은 소동을 일으켜보라. 호기심 많고 자신을 잊고 싶은 군중이 순식간에 몰려들 것이다.

길모퉁이에 빈 지게를 짊어진 남자가 일거리를 기다리며 고개를 수그린 채 서 있다. 일거리 하나에 적어도 세 사람이 기다리고 있는 실정이다.

일요일 새벽, 영도의 한 성당에서 미사를 하려고 걸어가다 보면 반대쪽에서 영도다리를 건너오는 아낙네들의 긴 줄을 볼 수 있다. 모두 머리에 큰 짐을 이고, 차가운 겨울바람을 막기 위해 수건으로

부두에서 일거리를 기다리는 지게꾼

지게는 졌으나 빈 지게다. 일거리가 별로 없다.

그래도 그들은 벌어먹을 지게가 있고,

지게를 질 수 있는 건강한 몸이라도 있어 다행이다.

어제는 하나도 못 팔았지만

오늘은 누군가 사 주겠지…

자갈치 시장에서 생선을 파는 아낙네들

얼굴을 가리고 있다. 일주일 내내, 해가 떠서 해가 질 때까지 겨우 몇 푼을 벌기 위해 장사를 하는 사람들이다. '어제는 하나도 못 팔았지만, 오늘은 누군가가 사 주겠지.'

이른 아침, 길가 판잣집에서 파자마 바람으로 나온 어른과 아이들이 대야에 담긴 차가운 물로 얼굴을 씻는다. 잠시 뒤 아낙네가 나와 길옆 도랑에 요강을 비운다.

오후가 되면 해녀들이 큰 바구니를 등에 메고 바다로 간다. 5월 바닷물은 여전히 차갑다. 그러나 그들은 강인하다. 강인한 사람들 가운데서도 가장 강인한 사람들이다. 5월뿐 아니라 12월에도 바다에 들어간다. 한참 뒤, 물이 뚝뚝 떨어지는 미역을 바구니에 잔뜩 담아 등에 지고 시장으로 간다. 한국 사람들은 미역으로 국을 만든다.

음력 설날이다. 민속 춤꾼들이 화사한 옷을 입고 장구와 꽹과리와 징을 흥겹게 치면서 동네를 돌아다닌다. 막걸리 대접을 받은 이들의 얼굴은 붉고, 눈은 유리처럼 빛이 난다. 낮은 흙더미 위에 놓인 긴 널빤지 양끝에 어린 여자아이 둘이 서서 널뛰기를 하고, 그 옆에서는 두 여자아이가 긴 고무줄을 양끝에서 잡고 다른 여자아이는 줄 위에서 노래하며 뛴다. 돌아서기도 하고, 줄을 발로 감기도 한다. 어떤 여자아이는 어린 동생을 등에 업고도 잘도 뛴다. 마치 발에 용수철이 붙어 있는 듯 뛰어오르는 솜씨가 참으로 자연스럽고 우아하다.

따스한 햇살을 받으며 공원 벤치에 앉아 있으니 남자아이 셋이 바로 앞에 자리 잡고 앉아 내 얼굴을 똑바로 쳐다본다. 나도 그들의 얼굴을 내려다본다. 아이들은 무표정한 얼굴의 검은 눈으로 내 얼굴을 계속 올려다본다. 나의 큰 코와 갈색 눈에 정신이 홀린 모양이다. 자신들과 같은 검은색이 아닌 갈색 눈으로 어떻게 사물을 볼 수 있는지 놀랍다는 표정을 짓고 있다.

양장에 굽 높은 구두를 신고 넘어질 듯 조심조심 걷는 한 아가씨 뒤에 한 무리의 남자아이들이 기이하다는 표정을 지으며 뒤따르고 있다. 양장에 뾰족구두를 신은 여성들이 사람들의 눈길을 끌던 시절이다.

한국에 사는 한 외국인이 이런 말을 했다. "한국 사람은 본능적으로 위험에서 벗어나는 반면, 서양 사람은 자연적으로 위험에 빨려 들어간다." 이 말에 대한 좋은 실례가 있다. 어느 날 저녁, 나는 두 명의 한국인 신부와 함께 부산 거리를 걷고 있었다. 한 신부는 내 오른쪽에, 다른 신부는 왼쪽에 섰다. 셋이 같이 걸어가는데 갑

물 한 동이를 얻기 위해 먼지 나는 비탈길을 수없이 오르
내려야 했던 가난한 사람들

자기 발밑이 꺼지면서 나만 하수구 속으로 빠지고 말았다. 더러운 수챗물이 허리까지 차올랐다. 두 한국인 신부들은 웃으면서 나를 꺼내주었다. 하수구에 덮개가 없고, 위험 표지가 없어도 한국 사람들은 절대로 빠지지 않는다.

비스듬히 달리던 버스가 자전거를 탄 어떤 젊은이를 치었다. 공중으로 붕 솟았다가 땅에 떨어진 젊은이는 비틀거리며 일어서더니 옷을 툴툴 털고는 웃으면서 자전거를 타고 사라졌다.

한 남자가 큰 돼지를 묶어 실은 자전거를 타고 번화가의 복잡한 길을 요리조리 피하면서 위험스럽게 운전해 가고 있다. 그러다가 갑자기 자전거 앞바퀴가 전차 궤도에 끼고 말았다. 남자는 균형을 잃고 자전거와 함께 넘어졌고, 뒤에 실린 돼지는 줄이 풀려 달아나기 시작한다. 벌떡 일어선 남자는 손짓을 하면서 소리소리 지르며 돼지 뒤를 쫓아간다.

빨간 신호등이 바뀌기를 기다리는 동안 한 지프 운전사가 창밖으로 팔을 내밀고 있었다. 줄이 탄력 밴드로 된 시계를 차고 있는 운전사를 한 도둑이 노려보고 있다가 잽싸게 시계를 벗겨서는 달아난다. 운전사가 차에서 내려 뒤쫓아간다. 길가에서 그 모습을 보고 있던 다른 도둑이 날쌔게 지프에 올라 차를 몰고 도망친다. 차는 이쪽으로, 시계는 저쪽으로 달아나자 뒤쫓던 운전사는 멍하니 서 있기만 한다.

영도다리 밑에는 마치 개집 정도 크기의 판잣집들이 늘어서 있는데, 그 가운데는 앞을 못 보는 점쟁이가 몇 푼의 돈을 내는 사람들에게 그들의 운명에 관한 숨은 비밀을 말해주는 점집이 있다.

사람이 살고 있는 낡은 천막집 앞을 지나간 적이 있다. 그 천막 위에 진흙으로 'HOME, SWEET HOME'이란 영어가 대문자로 쓰여 있었다.

한 거지가 골목에서 가마니를 깔고 큰 종이 판지를 담요처럼 덮고 자고 있다. 판지 밖으로 불쑥 나온 발은 동상에 걸려 있다. 그 옆에는 세 명의 소년이 얇은 담요 한 장을 나눠 덮고 몸을 따뜻하게 하기 위해 마치 강아지처럼 함께 엉켜 자고 있다.

두 다리가 없는 장애인이 궁둥이를 땅에 깐 채 달려오는 차들을 가까스로 피하며 바쁘게 거리를 건너가고 있다.

한 아낙네가 통증 때문에 일그러진 얼굴을 하면서 배를 움켜잡고 길 위에 눕자, 영문을 모른 채 당황한 코흘리개 세 아이가 엄마

1960년대만 해도 어린 나이에 일하는 아이들이 흔했다. 학교에서 공부하고 친구들과 뛰어놀 나이의 아이들이 겨우 몇 푼의 돈을 벌기 위해 등에 모래짐을 지어야 했다.

대통령 출마 후보자들의 벽보가 붙은 담벼락 밑에 한 소녀가 힘없이 누워 있다.
등 뒤에 놓여 있는 작은 동냥 그릇이 너무 슬퍼 보인다.

의 치마를 붙들고 있다.

앵벌이들이 옷 잘 입은 여자에게 기생충처럼 달라붙어 응당 권리가 있는 것처럼 얼마의 돈을 받아낸다.

은행 건물 앞 모퉁이에서는 한 여자가 몇 시간이고 서서 혼자 중얼거리며 웃고 있다.

도랑으로 흐르는 대중목욕탕의 더러운 물에 여자들이 빨래를 하고 있다.

한 상인이 다 해진 몇 권의 낡은 타임지와 라이프 잡지, 몇 개의 손전등과 미군 피엑스에서 흘러나온 깡통을 좌판에 늘어놓고 아침부터 저녁까지 담담한 표정으로 쳐다보며 앉아 있다.

몇 푼의 돈을 벌기 위해 한 노파가 길에서 주운 꽁초들을 모아서 만든 담배를 길에 앉아 팔고 있다.

끝없이 떠드는 사람들 소리, 한순간도 멈추지 않고 계속 울려대는 택시의 경적 소리, 자신이 왔다는 것을 알리는 엿장수의 찰깍찰깍 가위 소리, 사람들의 눈을 끌기 위한 동동크림 장수의 북소리,

화재와 도둑을 막기 위해 구불구불한 부산의 밤 골목을 누비며 두드리는 야경꾼의 둔탁한 나무 막대기 소리, 아침 5시부터 밤 12시 통행금지 시간까지 불러대는 학생들의 서양 노랫소리, 어른들의 구슬픈 유행가 소리, 웃음소리, 고함치며 노는 골목의 아이들 소리, 레코드 가게의 스피커에서 울려대는 음악 소리, 죄인의 회개와 영혼 구원을 위해 공원에서 연주하는 구세군 악대의 군가 같은 음악 소리, 밤 10시가 되면 틀림없이 울리는 장로교회의 올드 랭 사인Auld Lang Syne. 스코틀랜드 민요로, '오랫동안 사귀었던 정든 내 친구여~'로 시작하는 노래 종소리….

부산 시내는 여전히 시끄럽고, 지저분하고, 정신없고, 바쁘고, 가난했다. 그리고 산비탈 판잣집들은 나무 한 그루 없는 민둥산 꼭대기를 향해 여전히 조금씩 올라가고 있는 중이었다.

가난하지만 웃음을 잃지 않는 아이들. 소 알로이시오 신부는 이 아이들에게서 대한민국의 미래를 내다보았다. 그래서 아이들을 교육시키고자 많은 노력을 기울였다.

Part 2

가난한 아이들의
아버지가 되다

가난한 성당의
본당신부가 되다

어느 날 율리안나 씨의 아버지가 죽었는데, 장례를 치를 돈 조차 없었다. 율리안나 씨는 장례 비용을 마련하기 위해 대학병원에 가서 자신의 피를 팔았다. 피를 팔아 받은 돈은 겨우 3달러 정도였다.

오랫동안 미국에서 요양을 하고 왔지만 다시 시작한 부산의 주교관 생활은 여전히 힘들었다. 대장염 증상이 있어 주교관 부엌에서 마련해주는 음식을 소화시키는 것이 여간 고통스럽지 않았다. 게다가 이질까지 얻어 곤욕을 치르기도 했다. 최 주교님과 의논을 했더니 신부가 없는 성당에 가서 신자들을 돌보면서 직접 음식을 마련해 먹고, 한국어 공부를 하면 어떻겠냐고 했다.

참으로 좋은 결정이었다. 먹는 문제를 스스로 해결하자 건강이 많이 좋아졌다. 그렇게 해서 나는 부산 송도 성당을 맡게 되었다. 그때가 1962년 6월 초로, 미국에서 돌아온 지 반 년 만의 일이었다. 처음에는 임시 관리자로 갔다가 몇 달 뒤, 비록 한국어 실력은 여전히 미숙했지만 본당신부로 정식 발령을 받았다.

송도 성당은 부산 교구에서 가장 가난한 성당은 아니었지만 신자들의 생활 형편이 바닥권에 속하는 곳임에는 틀림없었다. 신자들 반 이상이 성당 건너편 산허리에 빽빽이 들어선 판잣집과 오두막에 살고 있었다.

피를 팔아야 했던 사람들

김 율리안나 씨는 성당에서 열심히 활동하는 레지오 마리애마리

부산 교구에서 가장 가난한 성당 가운데 한 곳이었던 송도 성당. 신자들 가운데
반 이상이 성당 앞 산허리에 빽빽히 들어선 판잣집과 오두막에서 살았다. 소 알로
이시오 신부는 이곳 송도 성당에서 1962년부터 1967년까지 주임신부직을 맡았다.

아의 군대란 뜻으로, 성당의 평신도 모임 단원이었다. 그녀는 송도 성당이 마주 보이는 산 중턱의 한 칸짜리 오두막에서 아버지와 어머니, 남동생 둘, 여동생 한 명과 살고 있었다. 율리안나와 그녀의 가족은 단순히 가난한 것이 아니라 목숨의 위협을 받을 만큼 가난했다.

어느 날 율리안나 씨의 아버지가 죽었다. 그런데 장례를 치를 돈조차 없었다. 율리안나 씨는 장례 비용을 마련하기 위해 대학 병원에 가서 자신의 피를 팔았다. 한국의 가난한 사람들은 장례를 치르는 데 큰돈이 필요하지 않았다. 나무 관 하나와 깨끗한 옷 한 벌만 있으면 되었다. 모두 합쳐 7,8달러면 충분했다. 그런데 그 정도의 돈도 없었던 것이다.

율리안나 씨가 피를 팔아 받은 돈은 겨우 3달러 정도였다. 동료 레지오 마리애 단원 두 사람이 나를 찾아와 도움을 줄 수 있는지 물었다. 물론 도와줄 수 있었고 도와주었다. 율리안나 씨는 잠을 못 자 지친 몸에 충혈된 눈으로 나를 찾아와 고맙다고 했다.

율리안나 씨뿐 아니라 송도 성당 사람들은 대부분 가난한 사람들 가운데서도 가장 가난한 사람들이었다. 많은 사람들이 이북에서 온 피난민들이었는데, 하루 벌어 하루 먹고사는 생활을 하고 있었다. 천주교에서 주택 사업으로 성당 가까운 곳에 지은 집 40채를 빼고 나면 대부분의 사람들은 벌집처럼 달라붙은 밀폐된 판잣집에서 살고 있었다.

한번은 임종이 가까워진 한 할머니에게 종부성사를 주기 위해 어떤 판잣집을 찾아간 적이 있다. 할머니는 여느 미국 가정의 화장실 크기도 안 되는 단칸방 구석에 누워 있었다.

천장이 너무 낮아 머리가 부딪히지 않고는 똑바로 설 수 없는 그 방에서 할머니는 아들과 며느리와 두 손자 그리고 파리떼와 함께 살고 있었다. 성유를 바르고 몇 마디 위로의 말을 전한 뒤 판잣집을 나왔다.

개 먹이를 위한 10억 달러

성당으로 돌아오는데 마음이 몹시 우울했다. 그러다가 격렬한 증오심이 솟구쳐 올랐다. 갑자기 미국의 개가 떠올랐기 때문이다. 내가 개를 특별히 싫어할 까닭은 없었다. 그러나 미국에서 한 해 10억 달러 이상의 돈을 개를 먹이는 데 사용한다는 사실을 생각하자 분노가 일기 시작했다.

먹이뿐만 아니라 미국의 개들은 비바람을 피할 수 있는 집도 있고, 뛰어놀 수 있는 뜰도 있고, 병이 났을 때 치료해주는 병원도 있었다. 한마디로 미국에 사는 개들이 내가 맡고 있는 송도 성당 신자들보다 훨씬 좋은 환경에서 살고 있었던 것이다. 이것이 하느님이 원하는 세상의 이치일까? 가난한 사람들의 자녀들이 지금보다 더 나은 삶을 살 권리는 없는 것일까?

바로 그때, 귀를 먹게 할 정도의 큰 고함소리가 내 생각을 멈추

소 알로이시오 신부는 병들고 가난한 사람들을 많이 찾아다녔다.

미국에는 개들도 비를 피할 집이 있고 병을 치료할 병원이 있었지만,
한국에서는 많은 사람들이 헐벗고 굶주리고 병든 채 살아야 했다.
이것이 과연 하느님이 원하는 세상의 이치일까?

게 했다. 큰길보다 낮은 성당 마당에서 놀다가 나를 본 한 무리의 아이들이 소리를 지르며 나를 향해 언덕길을 달려오고 있었다. 때 묻은 얼굴에 코까지 흘리며 다 해진 옷을 입은 아이들이 눈 깜작할 사이에 에워싸고는 서로 내 손을 잡으려고 소리 지르며 밀치고 있었다. 신자들은 아이들이 내게 지나치게 버릇없이 군다면서 타일러야 한다고 말했지만 나는 아이들을 타이를 생각이 전혀 없었다. 다만 아이들을 잘 교육시켜야 한다는 생각만큼은 아주 간절했다.

아이들 때문에 앞으로 나아갈 수가 없게 된 상황에서 네 살쯤 된 한 아이가 한 번 물면 놓아주지 않는 사나운 불독처럼 두 팔로 내 두 다리를 꽉 붙드는 바람에 더욱 꼼짝할 수 없는 상황이 되고 말았다.

나는 위협적인 눈으로 아이를 내려다보았다. 그러자 아이도 검고 큰 눈으로 나를 올려다보았다. 누가 이기나 하는 신경전이었다. 드디어 아이의 입에서 "우리 신부님, 우리 신부님."하는 말이 나왔다. 그 말이 떨어지자마자 아이들로부터 풀려난 나는 빠른 걸음으로 사제관으로 들어갔다.

물을 끓여 커피 한 잔을 탄 뒤 의자에 앉았다. 빈첸시오 성인의 말이 생각났다. 빈첸시오 성인은 프랑스 왕실 전속 사제로 있을 때 타의에 의해 사치와 안이가 가득한 궁정 생활을 하면서 자신의 내면이 숨 막힐 정도로 고통받고 있음을 느꼈다. 그리하여 궁정을 떠나 가난한 사람들에게 돌아가기로 마음먹었는데, 그 사실을 안 왕후가 그를 붙들려고 하자 다음과 같은 감동적인 말로 왕후의 승낙을 받아냈다.

"왕후님, 가난한 사람들이 저를 기다리고 있습니다."

가난한 사람들을 돕는
가장 좋은 방법

가난한 사람들을 돕는 가장 좋은 방법은 자신을 스스로 돕도록
일자리를 마련해주는 것이다. 그때만 해도 한국에는 사람은 많고 일자리는 적
었다. 노동인구의 약 40%가 일자리가 없거나 불완전한 고용 상태에 있었다.

당시 내 머리 위에는 여러 개의 모자가 씌워져 있었다. 첫째 모자는 한국어를 공부하는 학생 모자였다. 한국어를 배우는 학생 신분의 모자는 평생 쓰고 다녀야 할 것 같았다. 한국어를 정복한다는 것은 끝이 없는 일처럼 보였기 때문이다. 두 번째는 송도 성당 본당신부의 모자였다. 내게는 돌봐주고 아픔을 어루만져주어야 할 송도 성당 신자들이 있었다. 그리고 세 번째는 우편 모금 사업의 책임자 모자였다.

요양 차 미국에 갔을 때 나는 한국자선회Korean Relief.Inc. 지금은 아시아자선회(Asian Relief.Inc)라고 함라는 단체를 만들어 한국의 가난한 사람들을 위한 우편 모금 사업을 시작했고, 그 사업은 내가 다시 한국으로 돌아온 뒤에도 계속되고 있었다. 그러므로 비록 몸은 한국에 있었지만 마음 한쪽은 미국 워싱턴에 있는 한국자선회 사무실에 있었다. 모금 사업은 날마다 챙겨야 할 사업이었기 때문에 한순간도 생각의 끈을 놓을 수 없었다.

한국자선회의 탄생

최 주교님과 모금 여행을 하기 전, 나는 혼자 한국의 가난한 사람들을 위한 모금 여행을 잠시 했다. 그러던 어느 날, 버지니아 주의 베리빌에 있는 트라피스트 수도원에서 우편 모금의 전문가라는 그레이샨 마이어 씨를 만났다. 그레이샨은 당시 그곳에서 피정을 하고 있었는데, 우리는 수도원 부엌에서 함께 설거지를 하게 되었다. 그때 나는 한국에 대한 이야기와 한국의 가난한 사람들을 위해 하고 있던 모금 활동을 설명했다. 그레이샨은 내 이야기를 골똘히 듣더니 자본금이 얼마나 있느냐고 물었다. 그때 나는 이미 2만 5천 달러 정도 모금을 한 상태였다. 그 말을 듣고 그의 두 눈이 반짝였다.

"신부님, 워싱턴으로 돌아가면 다시 만나 이 문제를 논의했으면 합니다. 아마 제가 신부님을 도울 수 있을 것 같습니다."

이렇게 해서 한국자선회는 접시가 수북이 쌓인 트라피스트 수도원 피정의 집 부엌 싱크대 위에서 태어났다. 워싱턴으로 돌아온 뒤 나는 그레이샨과 그의 동료들을 몇 번 만났다. 그리고 우편 모금의 복잡한 사업 내용을 알게 되었다.

하지만 실제로 사업에 착수하기 전까지는 불안과 걱정이 많았고 또 많이 망설이기도 했다. 나는 우편 모금과 관련된 교회의 법규가 어떤 것인지 잘 알지 못했다. 교회법 전문가와 상의를 했지만 우편 모금에 관한 교회법은 없으며, 또 모금을 규제하는 명확한 규정도 없다고 했다. 그렇지만 우편 모금을 시작하기 앞서 예의상 적어도 관할 교구 사무국의 허락은 받아야 할 것이라고 했다.

또 다른 걸림돌은 우편 모금 자체의 성격이었다. 그레이샨은 모금 편지와 함께 작은 묵주나 카드, 씰 같은 사은품을 함께 넣을 것을 주장했다. 그런데 나는 그런 방법이 마음에 들지 않았다. 하지만 그레이샨은 다른 방법이 없다는 듯이 자신의 모금 실적 평가서를 보여주었다. 선물을 넣었을 때와 넣지 않았을 때의 모금액이 너무나 차이가 많이 났다. 나는 마지못해 그의 의견에 따르기로 했다. 법인체를 만들고, 몇 번의 시험 모금을 해보았는데 결과가 무척 좋았다. 그리하여 본격적으로 한국의 가난한 사람들을 위한 우편 모금 사업을 시작하게 되었다.

손수건 사업

가난한 사람들을 돕는 가장 좋은 방법은 자신을 스스로 돕도록 일자리를 마련해주는 것이다. 그때만 해도 한국에는 사람은 많고 일자리는 적었다. 노동인구의 약 40%가 일자리가 없거나 불완전한 고용 상태에 있었다.

나는 이 문제를 부분적으로나마 해결하기 위해 가내수공업 사업을 시작했다. 이른바 '손수건 사업'이라고 부른 이 일은 활발한 사업이 되었는데, 2천여 명의 부녀자가 이 사업에 참여했다. 대부분의 부녀자들은 한 가정의 어머니들로 어떤 이는 과부였고, 어떤 이는 불구자이기도 했다. 모두들 무척이나 가난한 사람들이었다.

손수건 사업은 당시 진행하고 있던 우편 모금과 한국 여성의 고도로 발달한 수예 솜씨가 한데 어우러져 이루어진 것이었다. 나는 손수건에 예쁜 동양 자수를 놓게 했다. 그렇게 만든 손수건을 모금 편지와 함께 후원금 봉투에 넣어 미국의 후원자들에게 보냈다. 그렇게 해서 모금된 돈은 다시 손수건 사업에 투자되었고, 일부는 최 주교님이 후원하는 자선 사업에 쓰였다.

손수건 사업은 이렇게 진행되었다. 부산 지역의 몇몇 성당에서 책임감이 강하고 수예 기술이 있고 사람들을 잘 다스릴 수 있는 구역 책임자 몇 명을 뽑았다. 그 책임자들은 자기 지역에서 손수건 사업에 참여하기를 원하는 가난한 부녀자들을 골라 그들의 수예 솜씨를 시험했다. 천주교 신자인지 아닌지는 문제가 아니었다. 중요한 것은 가난하고 수를 놓을 수 있어야 한다는 것이었다. 말할 필요없이 수놓기를 원하는 사람들은 엄청나게 많았고 일의 양은 한정되어 있었다. 그래서 나는 수요와 공급의 틈을 가능한 한 조절해나갔다.

실기 시험에 합격한 부녀자들에게 구역 책임자는 천과 실을 나누어주고, 부녀자들은 재료를 집으로 가져가 살림살이를 하면서 수를 놓았다. 집안일을 하고 아이들을 돌보면서 수를 놓을 수 있었기 때문에 손수건 사업은 더할 나위 없이 인기 있었다.

부녀자들이 수를 놓은 천을 구역 책임자에게 가져다주면, 책임자는 검사한 뒤 임금을 주었다. 출장소에 모인 천은 다시 서구 토성동에 있는 손수건 사업 본부 건물로 가져갔다. 그곳에서는 야간

손수건 사업은 가난한 사람들이

스스로 살아갈 수 있게 한 좋은 일거리였다.

바늘과 실만 있으면 어디서든지 할 수 있었다.

수놓는 일을 하고 돈을 받아가는
아주머니의 얼굴에 절로 웃음이 묻어난다.

학교 여학생을 포함한 젊은 여자들이 수놓은 천의 가장자리를 자르고 다듬어 여성용 손수건으로 만들었다. 손수건이 된 제품은 마지막으로 비닐에 싸서 미국으로 보냈다. 한국 여성들의 훌륭한 솜씨로 만든 손수건은 미국 여성들에게 좋은 반응을 얻었다.

가난한 부녀자들의 부업으로 시작한 손수건 사업은 부녀자 한 사람에게 한 달 평균 5천 원의 임금을 안겨주었는데, 이것은 당시 공장의 여성 노동자들이 받던 한 달 평균임금 3천 원에 견주면 무척 많은 돈이었다.

손수건 사업에 참여했던 한 여성의 경우, 중풍으로 불구가 된 몸으로 집에서 수를 놓았는데, 그 여성이 사는 집은 흙으로 된 벽과 나무 지붕 위에 타르 종이를 덮은 오두막이었다. 그 집을 찾아간 손수건 사업 구역 책임자가 소감을 묻자, 그 여성은 자수틀을 가슴에 움켜쥐면서 태어나 처음으로 일을 해 돈을 번다며 감격해서는 목이 멘 소리로 말했다고 한다.

"이 일이 내게 얼마나 소중한지 이루 말할 수 없습니다. 제발 하느님께서 이 일을 오래오래 계속하게 해주시기를 바랄 뿐입니다."

가난한 사람들의 절박함

손수건 사업은 우편 모금 기법을 활용한 사업이었다. 우편 모금 기법은 2차 세계대전 뒤 미국에서 크게 유행한 모금 방법이었다.

하지만 많은 사람들이 이런 방식의 모금에 눈살을 찌푸리기도 했다. 청하지도 않은 상품이 들어 있는 모금 우편물을 받게 되면 사람들은 '쓰레기 우편물'이라 부르면서 뜯지도 않고 버렸다. 그리고 자신들의 이름이 그런 명단에 포함된 것에 대해 심한 불쾌감을 느끼기도 했다.

솔직히 말해서 한때는 나도 우편 모금 방법을 좋아하지 않았다. 마치 목에 칼을 들이대고 돈을 요구하는 것과 다를 바 없었고, 그리스도교적 자선은 종교적이고 자발적이어야 한다는 내 가치관과도 맞지 않았다. 하지만 그런 생각은 한국에 와서 가난한 사람들이 사는 동네의 본당신부가 되면서 바뀌게 되었다. 내가 처한 환경이 주저하던 내 마음으로 하여금 행동을 하게 하는 놀라운 변화를 불러일으켰던 것이다. 나는 스스로에게 이렇게 말했다.

"그래, 목에 칼을 들이댄다고 무엇이 나쁘단 말인가! 그들은 많은 것을 가졌고, 가난한 사람들이 그들이 가진 많은 것의 일부를 얻기 위해서는 칼을 들이대는 길밖에 없는걸! 할 수 없지 않은가!"

손수건 사업을 본격적으로 하기 전에 국제 우편을 통한 모금의 효과를 시험해본 일이 있었다. 미국에 똑같은 종류의 우편물을 보냈는데, 한 편지에는 도움을 호소하는 편지만 넣어 보내고, 다른 하나에는 편지와 함께 손으로 수를 놓은 손수건을 넣어 보냈다.

회신 결과는 너무나 달랐다. 모금 편지만 받은 사람들 가운데 겨우 7%만이 구호금을 보낸 반면, 손수건과 함께 편지를 받은 사람들은 33%가 구호금을 보내왔다. 손수건을 넣었을 때 4배 이상 효과가 있었던 것이다.

모금 편지와 함께 비싸지 않은 선물을 받을 경우, 우편물을 받은 사람은 미묘한 심리적 압박을 느끼게 되는데 그 사실을 무시할 수 없었다. 좋은 기분으로 내는 자발적 자선은 단지 고상한 생각에 지나지 않았다. 유감스럽게도 그런 고상한 생각은 굶주린 사람들의 배를 채워주지 못했다. 정의의 의미에서 볼 때 남는 재물을 가난하고 배고픈 사람에게 기부하는 것이 하나의 의무라면, 사람들의 마음을 이끌어내기 위해 어느 정도의 세속적인 수단을 사용해야 한다는 것은 가난한 한국 사람들의 절박한 처지를 경험한 뒤에 갖게 된 판단이었다.

일자리를 주어 스스로 돕게 하다

손수건 모금 사업이 미국에서 유행하고 있던 우편 모금 방법을 그대로 따라하고 있었지만 나름대로 다른 점도 많았다. 그 가운데 하나가 모금에 들어가는 경비를 최소화하고, 가능하면 모금액의 거의 전부를 가난한 사람들을 위해 사용한다는 사실이었다. 나는 모금한 돈의 98%를 원래의 목적에 맞게 가난한 사람들을 위한 구호 자금으로 썼고, 극히 일부분인 2%만 모금 본부의 사무실비와 잡다한 비용에 사용했다.

손수건 모금 사업의 또 다른 점은 작업 방식이었다. 부산에 마련한 작업실에는 미국 우편 모금 단체들이 흔히 사용하는 값비싼 현대식 자동 기계가 없었다. 대신 모든 작업을 직접 손으로 했다.

한번은 출장 목적으로 미국에 갔을 때다. 미국에서 가장 성공적인 모금 활동을 하고 있다는 어느 신부님의 모금 사무실을 구경할 수 있었다. 멋진 3층 건물에는 최신식 컴퓨터가 내장되어 있는 자동 기계가 있었다. 그 기계는 스스로 봉투에 주소를 쓰고, 우표를 붙이고, 내용물을 넣고 봉하는 작업을 했다. 무척 편리하고 효율적으로 보였다.

하지만 나는 공짜로 준다고 해도 그런 기계를 사용할 생각이 전혀 없었다. 우편물 작업에 기계 대신 사람의 손을 이용하면 수백 명의 가난한 야간학교 여학생들에게 일자리를 줄 수 있기 때문이었다. 실제로 나는 부산 시내에 있는 큰 건물을 사들여 내부를 우편물 처리 작업장으로 고치고, 야간학교 여학생이나 졸업생을 2,3백 명 고용해 편지 주소를 정성 들여 손으로 쓰게 하고 있었다.

그렇다면 손수건 사업으로 모금한 돈은 어디로 갔을까? 앞서 말했듯이 손수건 사업 자체가 구호사업이었다. 따라서 대부분의 돈은 손수건 사업에 다시 투자되었다. 그리하여 더 많은 가난한 사람들에게 일거리를 주었고, 더 많은 달러를 모금해 한국 경제에 보탬이 되게 했다.

　모금된 돈으로 손수건 사업을 유지하고 넓혀가는 동안 한쪽에서는 상당한 돈이 직접적인 구호사업에 쓰이기도 했다. 1960년대 후반 당시 병원 하나와 진료소 두 개, 고아원 하나, 양로원 하나 그리고 기술학교 하나를 세웠다. 이 말고도 관개사업과 협동농장을 지원했고, 병원과 나환자 수용소, 고아원, 학교 등 30군데가 넘는 구호기관에 현금 지원을 했다.

마태오 씨의
남겨진 아이들

6살밖에 안 돼 아직 몸은 어렸지만 표정은 성숙한 남자의 얼굴이었다. 바오로는 6년이라는 짧은 생애 동안 인생의 어두운 면을 너무 많이 보았기 때문에 행복한 어린 시절을 뛰어넘어 곧바로 성인의 단계로 들어서고 말았던 것이다.

꽃샘추위가 시샘을 부리던 어느 금요일이었다. 한 남자 교우가 임종이 가까워 종부성사를 원한다는 전갈이 왔다. 성체와 성유를 갖고 성당을 나서 판잣집이 빽빽한 가파른 산길을 20분 정도 올라가 한 작은 섬유 공장에 도착했다. 말이 공장이지 크기는 미국 가정의 차고 정도였고, 흙벽에다 지붕은 나무에 기름종이를 덮어씌운 것이었다.

안으로 들어가자 일하던 사람들이 놀란 눈으로 나를 쳐다보았다. 주위를 살펴보니 구석 바닥에 넝마 같은 이불을 깔고 한 남자가 누워 있었다. 그 옆에는 여섯 살쯤 되어 보이는 사내아이가 앉아 있었는데 아들이라고 했다.

50대 중반의 마태오라는 세례명을 가진 남자는 중풍과 정신질환을 앓고 있었다. 얼마 전 양식을 살 돈이 없어 자신의 판잣집을 팔았기 때문에 갈 곳이 없게 되자 공장 주인이 작업장 한구석에 누워 있도록 배려를 해주었다고 했다. 죽어가는 남자가 공장 안에 누워 있어도 일하는 사람들에게는 아무 지장을 주지 않는 듯 했다. 일꾼들은 마태오 씨를 전혀 의식하지 않고 주위를 왔다갔다하면서 일을 하고 있었다.

죽어가는 그를 걱정하는 사람은 아들 바오로뿐이었다. 바오로는 아버지의 수발을 정성스럽게 하고 있었다. 목말라하면 물을 갖다주고, 배고파하면 이웃을 돌아다니며 음식을 얻어다 먹였다. 그 동안 가난하고 불쌍한 사람들을 숱하게 보아왔지만 그렇게 지저 분한 곳에서, 아무 힘도 없는 어린아이가 죽어가는 아버지를 뒷바 라지하는 모습은 본 적이 없었다.

성당으로 돌아온 뒤 본당 회장을 보내 그들의 사정과 어떻게 하 면 그들을 도울 수 있을지 알아봐 달라고 부탁했다. 본당 회장은 그날 저녁 기구한 이야기를 들려주었다.

마태오 씨의 첫 번째 부인은 몇 년 전에 죽었고, 얼마 안 되어 두 번째 부인을 얻었는데 겨우 17살이었다. 그런데 1년 전 마태 오 씨가 중풍으로 쓰러졌고, 설상가상으로 의처증까지 앓게 되었 다. 불구가 된 몸과 건강치 못한 정신 때문에 마태오 씨는 버릇처 럼 부인을 학대하기 시작했다. 그러다가 집에 불까지 지르고 말았 다. 그 뒤 부인은 집을 나갔는데, 바오로는 아버지 곁에 남아 있었 던 것이다.

그런데 이웃들의 말은 달랐다. 사정을 알아보러 간 본당 회장에 게 이웃 사람들은 마태오 씨가 사실은 환자가 아니며 성당 도움을 받기 위해 일부러 아픈 척하는 것이라고 했다. 내가 종부성사를 주고 돌아간 뒤에도 마태오 씨는 자리에서 일어나 멀쩡히 돌아다 녔고, 불타 없어졌다는 집도 멀쩡하게 남아 있다는 이야기였다.

어떻게 된 사실인지 알아보기 위해 우리는 조금 기다려보기로 했다. 하지만 오래 기다릴 필요가 없었다. 일주일도 되지 않아 마

부모 없이 홀로된 아이들은 그 누구의 보호도 받지 못한 채 방치되곤 했다.

태오 씨가 죽었다는 전갈이 왔기 때문이다. 본당 회장이 다시 찾아가 사정을 알아보니 마태오 씨는 진짜 몸이 아파 죽었으며, 우리를 속인 것은 마태오 씨가 아니라 그의 이웃들이었다.

정신이 온전치 못한 마태오 씨가 그동안 이웃 사람들에게 해를 많이 끼쳤나 보았다. 그것이 이웃 사람들로 하여금 동물적인 증오심을 불러일으켜 마태오 씨가 성당으로부터 도움을 받지 못하도록 이야기를 꾸며냈던 것이다.

제대로 알지 못해 도움의 손길을 건네지 못한 나는 마음이 무척 아팠다. 아픈 마음을 조금이라도 달래는 길은 장례나마 인간답게 치러주는 것이었다. 나는 성당 신자들과 함께 그 일을 했다. 레지오 마리애 단원들이 공장으로 가서 시신을 닦고 깨끗한 옷으로 갈아입힌 뒤 관에 넣었다. 그리고 그 옆에서 밤새 기도를 했다. 마태오 씨가 성당의 도움을 받지 못하도록 훼방을 놓았던 이웃 사람들은 그리스도적인 사랑을 말없이 실천하는 성당 사람들을 보고 크게 당황하는 듯했다.

남겨진 아이들

바오로는 사람들이 아버지의 시신을 다루는 모습을 가만히 보고 있었다. 그리고 기도하는 사람들과 함께 밤을 새웠다. 그렇지만 이제 바오로가 기댈 사람은 아무도 없었다. 한 레지오 마리애 단원이 바오로에게 아버지가 어떻게 되었는지 아느냐고 물었다.

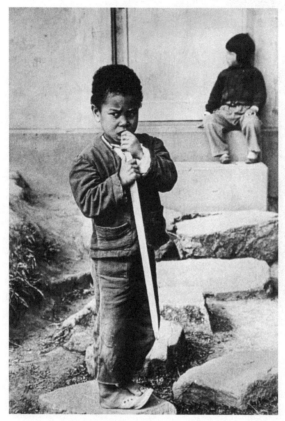

6 · 25가 끝난 뒤 부모에게 버림받은 혼혈아들의 문제도 심각했다.

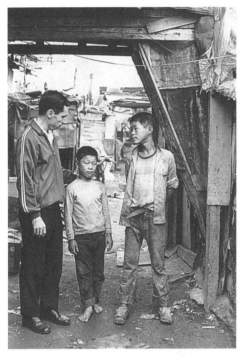

부산 아미동 판잣집을 찾은 소 알로이시오 신부

너무 어린 나이에 삶의 무게를 알아버린 아이들…
아이들의 얼굴에 아이다운 설렘과 희망을 심어주고 싶었다.

물론 알고 있었다. 아버지는 죽었고, 이제 더 이상 아버지를 볼 수 없다는 사실을 알고 있었다. 아버지가 없으니 이제 이 아이는 어떻게 살아야 할까?

죽은 지 3일 만에 장례를 치렀다. 그런데 장례식을 준비하던 중에 마태오 씨에게 13살 된 딸이 있고, 부산의 어느 부잣집에 식모로 갔다는 사실을 알게 되었다. 그러나 딸이 살고 있는 집이 어딘지 아는 사람이 아무도 없었다. 나는 라디오 방송국에 부탁을 했고, 방송국은 속보로 마태오 씨의 사망 소식을 방송해주었다. 그리하여 다행히 딸은 장례식에 맞춰 올 수 있었다.

장례가 끝난 뒤 남매는 성당 사람들의 도움으로 친척집이 있다는 서울로 갔다. 친척집을 찾으면 그곳에서 살 것이라 했다. 그런데 며칠 뒤 남매는 다시 부산으로 돌아왔다. 친척집을 찾지도 못하고 고생만 하고 왔던 것이다. 누나는 눈물을 흘리면서 서울에서 고생한 이야기를 했고, 바오로는 말없이 옆에 앉아 있었다.

바오로의 얼굴 표정은 무척 무거웠다. 아이의 얼굴에는 말로 표현할 수 없는 고통이 담겨 있었다. 어깨에 손을 얹고 위로를 할까 했는데 바오로는 이미 아이가 아니라 작은 어른이라는 느낌이 들었다. 6살밖에 안 돼 아직 몸은 어렸지만 표정은 성숙한 남자의 얼굴이었다. 바오로는 6년이라는 짧은 생애 동안 인생의 어두운 면을 너무 많이 보았기 때문에 행복한 어린 시절을 뛰어넘어 곧바로 성인의 단계로 들어서고 말았던 것이다.

건강한 사회인으로 자란 아이들

울고 있는 누나와 어른 표정을 하고 있는 어린 바오로. 이제 바오로는 고아원으로 보내고 누나는 식모살이 하던 집으로 보낼 수밖에 없는 상황이었다. 그러나 여러 가지 이유로 그렇게 하기에는 마음이 내키지 않았다. 남매를 헤어지게 하고 싶지 않았다. 나는 성당 옆에 있는 집의 방 한 칸을 얻어 남매를 살게 하고, 마리아보모회 지원자 가운데 한 사람에게 두 아이를 돌보게 했다.

얼마 뒤, 누나는 11살 된 또 다른 남동생이 있는데 구두닦이 아이들과 길거리 생활을 하고 있다는 이야기를 했다. 나는 그 아이를 찾아 나섰다. 며칠 뒤, 경찰에 단속되어 부산 근교에 있는 한 고아원에 있다는 사실을 알아냈다.

나는 고아원 원장을 만나 그 아이가 친누나와 함께 살 수 있도록 배려해줄 것을 부탁했다. 원장은 순순히 응했다. 하지만 얼마의 돈을 요구했다. 그 고아원도 다른 고아원과 마찬가지로 아이 수에 따라 정부에서 보조금을 받고, 국제원조 기구로부터 원조도 받고 있었다. 그런데도 원장은 고아원을 인간 한계 이하의 생활수준으로 유지하고 있었고, 자신의 보호 아래 있는 아이들을 이용해 개인적인 이득을 얻는 데 온 신경을 쓸 뿐이었다. 그런 것도 살아가는 추잡한 방법 가운데 하나가 될 수 있을지는 모르지만 나는 원장에게 돈을 주는 대신 관계 기관에 진정서를 냈다. 그렇게 해서 바오로의 형을 데려올 수 있었다.

그날 저녁, 새로 온 바오로의 형이 어떻게 지내는지 보기 위해 아이들이 사는 집을 찾아갔다. 바오로의 형은 진갑이란 이름을 갖고 있었는데, 속옷만 입고 있던 진갑은 내가 들어서자 놀라 벌떡 일어났다. 나 역시 진갑을 보고 소스라치게 놀라고 말았다. 빼빼 마른 팔과 다리, 움푹 들어간 가슴, 튀어나온 배는 영양실조의 전형적인 모습이었다. 게다가 온몸은 피부병에 걸려 있었고, 얼굴에는 공포와 두려움과 불신이 가득했다. 반면 바오로는 나를 보고 싱긋이 웃었다. 그 모습을 보자 마음이 놓이고 무척 기뻤다. 바오로의 얼굴에는 고민이 가득했던 어른의 표정은 사라지고 또래 아이들처럼 천진난만한 모습이 가득했다.

아무튼 세 아이는 그렇게 해서 함께 살게 되었고, 서로 의지하면서 행복하게 살기 시작했다. 시간이 지나면 진갑의 얼굴을 덮고 있는 공포와 두려움 그리고 사회에 대한 온갖 불신은 사라질 것이다. 대신 그 나이에 어울리는 용기와 꿈을 가진 청년의 표정이 되살아날 것이다. 나는 그런 가능성과 희망을 믿었고, 실제로 아이들은 그렇게 자라 건강하고 능력 있는 사회인이 되었다.

가난한 아이들의
엄마가 된 사람들

아이들은 먹을 것보다 따뜻한 사랑을 간절히 바라고 있었지만 고아원은 그런 것을 전혀 주고 있지 못했다. 그런 아이들을 보는 것은 그 자체로 너무나 고통스러웠다.

손수건 사업으로 모금한 돈으로 여러 가지 구호사업을 했지만 그 가운데 가장 중점적으로 개발하고자 한 것은 버림받은 아이들을 위한 사업이었다. 가난하고 불쌍한 사람들 가운데서도 가장 불쌍하고 고통받는 사람은 부모가 없거나 부모에게 버림받은 아이들이었다. 그 아이들에게는 배고프고 헐벗은 것도 문제가 되었지만, 정신적이고 심리적인 필수품, 곧 부모의 사랑과 가정의 따뜻함도 절실했다.

고아들을 위한 사업은 구약과 신약에서 자주 말하고 있는 성서적인 자선사업이다. 시편에서 하느님은 가장 감동적인 표현으로 당신을 가리켜 '고아의 아버지'라고 했다. 이것은 고아는 온전히 무력하고 자신을 보호할 수 없어 하느님이 특별한 사랑과 정으로 그들을 사랑하신다는 뜻이다.

1960년대 초만 해도 한국 고아들의 생활환경은 너무나 열악했고 정도는 날이 갈수록 나빠지고 있었다. 짐작하건대 7만 명이 넘는 아이들이 전국에 흩어져 있는 여러 고아원에서 인간 이하의 생활을 하고 있었다. 게다가 이 숫자보다 더 많은 아이들이 최소한의 보호도 받지 못한 채 도시 길거리에서 떠돌이 생활을 하고 있었다.

부모들이 아이들을 버리는 일도 빠르게 늘어나고 있었다. 1964

년 한 해만 해도 약 8천 명의 아이들이 부모로부터 버림을 받았다고 한다. 그리고 그 숫자는 해마다 늘어날 것이라고 했다. 이것은 한국의 부모들이 자식을 사랑하지 않기 때문이 아니었다. 너무나 가난해 먹을 것이 없기 때문이었다. 부모들은 부잣집 대문 앞이나 구호기관 현관 앞에 아이들을 버렸는데, 같이 살면서 굶는 것보다는 좋은 사람을 만나거나 구호기관에 들어가게 되면 적어도 굶지는 않을 거라는 실낱같은 희망으로 아이를 버렸던 것이다.

사랑에 굶주린 아이들

한국자선회의 손수건 사업을 통해 모은 구호금은 최 주교님과 의논해 병원과 고아원, 나환자 수용소, 부산 교구 내 여러 학교를 비롯해 복지사업을 하고 있던 기존 단체에 나누어주었다. 하지만 시간이 지날수록 가난한 사람을 돕는 데 있어 기존의 방법에는 문제가 많았다. 그리하여 구호금을 최대한 알차고 쓸모있게 사용하기 위해서는 나 자신이 직접 구호사업을 해야겠다는 생각을 하게 되었다.

나는 구호금을 지원하기 위해 여러 고아원을 방문한 적이 많았다. 그런데 몇몇 고아원은 시설이 훌륭했지만 대부분의 고아원은 비참할 정도로 열악했다. 마산의 한 고아원은 작은 방 하나에 3살부터 12살 되는 아이들이 무릎에 이불을 덮고 촘촘히 줄지어 앉아 있었는데, 손에 매를 든 10대 후반의 여자가 무서운 눈으로 아이들 앞에 서 있었다. 한창 뛰어놀아야 할 아이들이 혼돈과 공포가 가득한 눈으로 멍하니 허공을 보고 있는 모습은 참으로 끔찍했다. 게다가 겨우 먹고 자는 것만 해결하고 있을 뿐 교육을 받는 아이들은 전혀 없었다. 비참한 고아원 생활의 전형적인 모습이었다.

훌륭하다고 하는 고아원도 여전히 고아원이었고, 차갑고 제도적이며 냉혹한 생활환경만 있을 뿐이었다. 그런 환경에서 아이들이 건강하고 꿈을 가진 젊은이로 자랄 수는 없을 것 같았다. 더구나 대부분의 고아원 아이들은 정서적으로 무척 불안해 보였다. 아이들은 먹을 것보다 따뜻한 사랑을 간절히 바라고 있었지만 고아원은 그런 것을 전혀 주고 있지 못했다. 그런 아이들을 보는 것은 그 자체로 너무나 고통스러웠다.

1950년 위스콘신 대학의 심리학자 해리 할로우는 따뜻한 접촉에 대한 원숭이 실험으로 전 세계 사람들을 놀라게 했다. 할로우는 갓 태어난 새끼 원숭이가 따뜻한 접촉에 어떻게 반응하는지 살펴보기 위해 가짜 어미 원숭이 2종류를 만들었다. 한 어미 원숭이는 부드러운 보풀이 있는 따뜻한 감촉의 천으로 만들고, 다른 하나는 차갑고 딱딱한 철사를 감아 만들었다.

이런 모형 어미 원숭이를 각각 2마리씩 만든 뒤, 두 개의 우리에 한 쌍씩 나누어 넣었다. 그리고 이 우리에 각각 4마리의 새끼 원숭이들을 넣었다.

첫 번째 우리에서는 부드러운 천으로 된 어미 원숭이에게 가면 우유가 나오고, 철사로 만든 어미 원숭이한테서는 우유가 나오지 않게 했다. 두 번째 우리는 정반대로 했다. 부드러운 천으로 된 어미 원숭이한테서는 우유가 나오지 않고, 철사로 된 어미 원숭이한테서만 우유가 나오도록 한 것이다.

실험 결과, 새끼 원숭이들은 한결같이 부드러운 천으로 된 어미 원숭이를 더 좋아했다. 흥미로운 것은 두 번째 우리인데, 새끼 원숭이들은 우유가 나오는 철사 원숭이한테는 가지도 않고, 거의 온종일 부드러운 천으로 된 어미 원숭이에게만 매달려 놀며 시간을 보냈다. 그 어미 원숭이에게서는 우유가 나오지 않았는데도 말이다. 이 이야기에서 우리가 얻을 수 있는 가르침은 분명했다. 어머니의 사랑이 아이에게는 음식보다 더 중요하다는 사실이다.

가족 단위 고아원을 만들다

이러한 원칙에 바탕을 두고, 나는 사람의 따뜻한 사랑을 느낄 수 있는 가족 단위의 고아원을 직접 시작하게 되었다. 이것은 그동안 여러 구호단체들의 상황을 살펴보면서 미국에서 모금한 귀중한 돈이 한국에서 잘못 사용되고 있는 것은 아닌가 하는 의구심을 떨쳐내는 데도 큰 도움이 되었다.

나는 먼저 '마리아보모회'를 만들고, 버림받은 아이들을 위해 자신을 봉헌할 뜻을 가진 젊은 여성 지원자를 모집했다. 가톨릭

아이들 옷을 빨고 있는 마리아보모회 지원자

수녀님들은 엄마처럼 아이들을 씻기고, 먹이고, 입혔다.

신문에 모집 광고를 내고, 전국의 각 성당 신부님들에게 지원자를 추천하도록 부탁하는 편지도 보냈다. 모집 안내가 나간 뒤 모두 75명이 지원을 했는데, 그 가운데 11명을 뽑아 마리아보모회를 시작했다.

처음 마리아보모회는 송도 성당 가까운 곳에 작은 집을 하나 지어 교육장으로 사용했다. 그리고 11명의 지원자들은 송도 성당에서 활동 중이던 분도회 수녀님의 책임 아래 다양한 교육을 받았다. 그 수녀님은 본원으로부터 미래에 아이들의 엄마가 되어줄 지원자들과 함께 생활해도 좋다는 허락을 받은 상태였다.

초기의 마리아보모회 교육 과정은 무척 간단했다. 이론과 실습을 병행했는데, 오전에는 학습과 영성에 주력하면서 보육과 아동 심리, 천주교 교리, 성서 그리고 수도 신학을 공부했다. 오후에는 2,3명이 한 팀이 되어 가까운 보육원에 가서 실습을 하고, 또 다른 팀은 부산의 가난한 동네 네 곳에서 실시하고 있던 한국자선회의 손수건 구호사업을 관리하도록 파견했다.

그렇게 1년 동안의 수련 과정을 마친 지원자들은 네 가지 서약을 했다. 청빈과 정결과 순명 그리고 자신의 삶을 부모 없는 아이들을 돌보는 데 온전히 바치겠다는 서약이었다. 지원자들은 이 서약을 3년 동안 해마다 갱신했다.

소년의 집 수녀님들은 아이들에게 엄마가 되어주었다.

엄마 수녀님 품에서 자라는 아이들

마리아수녀회의 탄생

나는 마리아보모회를 궁극적으로는 수도회로 발전시킬 생각을 하고 있었다. 마리아보모회에 지원한 여성들은 수녀원에 입회하고 싶어도 가난하고 고등교육을 받지 못해 입회하지 못한 경우가 많았는데, 이들 여성들은 자칫 잃어버릴 수도 있었던 자신들의 수도 성소를 마리아보모회를 통해 받아들이게 되었기 때문이다. 그리하여 나는 최 주교님에게 마리아보모회를 교구 소속의 실험적 수도회로 허가해줄 것을 청했고 주교님은 기꺼이 허락해 주었다.

한편, 가난한 사람들에게 봉사하기 위해 자신의 삶을 봉헌한 지원자들이 수도자의 신분을 갖도록 하기 위해 수도복을 입을 필요가 있다고 생각했다. 그렇게 하여 처음에는 느슨하게 조직된 마리아보모회가 마침내 '마리아수녀회'란 이름의 수도회로 발전하게 되었다.

마리아수녀회는 내가 운영하는 구호사업을 관리하는 주요한 협조자가 되었다. 모든 구호사업의 기초는 모금 기관인 한국자선회였고, 그 집의 벽돌과 시멘트는 수녀들이었다. 그러므로 한국자선회가 없어지면 모든 것이 주저앉고, 수녀들이 없으면 모든 사업은 분해되어 먼지로 바뀌고 말았을 것이다.

아이들에게 따뜻한 가정을
만들어주다

시간이 갈수록 아이들의 표정이 달라지기 시작했다. 아이들은 잃어버린 웃음을 되찾았고, 씩씩하고 희망차게 생활하기 시작했다. 덩달아 하루가 다르게 건강해졌다.

아동복지사업 초기, 나는 송도 성당 가까운 곳에 단위 주택들을 여러 채 지었다. 그런 다음 아이들 수가 지나치게 많거나 또는 재정적인 부담을 안고 있는 큰 보육원으로부터 아이들을 인수했다. 대부분 6살에서 7살 사이의 남녀 아이들로 1백 20명 정도가 되었다. 나는 그 아이들을 6명에서 7명으로 나누어 가정 하나를 이루게 하고, 마리아보모회에서 1년 동안의 교육 기간을 마친 지원자 한 사람을 책임자로 정한 뒤 아이들과 함께 가정을 이루어 살게 했다.

이 가정식 아동복지사업은 처음부터 무척 힘들었는데, 여러 보육원에서 온 아이들은 대부분 병을 앓고 있었다. 무엇보다 진행성 결핵 같은 심각한 질병을 앓고 있는 아이들도 많았는데, 그러다보니 몇몇 아이들은 마리아보모회에 인수되고 난 뒤 며칠 만에 죽기도 했다.

하지만 시간이 지나면서 조금씩 안정이 되어 갔다. 아이들을 책임진 보모는 단순히 아이들을 돌보는 사람이 아니라 아이들의 엄마가 되어주었다. 실제로 아이들은 보모를 엄마라 불렀고, 보모는 아이들이 친엄마에게서 받아야 했던 정서적 위로와 사랑을 충분히 받고 누릴 수 있도록 사랑과 정성을 쏟았다. 그 결과 아이들은 다른 고아원에서는 경험하기 힘든 따뜻한 사랑을 받을 수 있었다.

시간이 갈수록 아이들의 표정이 달라지기 시작했다. 아이들은 잃어버린 웃음을 되찾았고, 씩씩하고 희망차게 생활하기 시작했다. 덩달아 하루가 다르게 몸도 건강해졌다. 그렇게 시작한 아이들 복지사업은 조금씩 성장하고 발달해갔다.

대규모 가족 단위로 바꾸다

부모 없는 아이들을 소규모 가정식으로 돌보고자 했던 기본 계획은 무척 효과적이었다. 훗날까지 이 제도는 마리아수녀회가 추구하는 아동 사업의 기본 지침이 되고 있다. 하지만 이 방법은 뒤에 크게 바뀌게 되었다.

지금은 이 글을 쓸 당시인 1970년대 후반을 말함 2천여 명의 아이들이 부산 소년의 집과 소녀의 집에서 그리고 또 다른 2천여 명의 아이들이 서울 소년의 집과 소녀의 집에서 살고 있다. 이 아이들 역시 가족 단위로 나뉘어 살고 있지만 6, 7명 대신 20명 정도의 아이들이 대가족을 이루어 함께 생활하고 있다. 아이들은 책임 수녀 밑에서 함께 생활하고, 함께 공부하면서 참된 가족적 심성을 키워나간다. 물론 책임 수녀는 여전히 엄마 역할을 하고 있다.

대가족을 이뤄 생활하는 아이들은 같은 또래의 남녀로 구분되어 있다. 남녀로 구분하는 것은 무척 중요하다. 서로 다른 아이들이 한 지붕 밑에서 함께 자라고 살 수 있지만, 여기서 한 가지 빠

부산 남부민동에 있던 가정주택. 초창기에 소 알로이시오 신부는 이런 작은 집을
여러 채 지어 수녀 한 사람과 대여섯 명의 아이들이 한 가족을 이루어 살도록 했다.

빨래를 너는 엄마 수녀님의 얼굴도

그런 엄마 수녀님을 바라보는 아이들도 해맑다.

뜨려서는 안 될 사실은 남자아이는 어디까지나 남자이고, 여자아이는 어디까지나 여자란 사실이다. 아이들을 형제자매라고 부를 수는 있지만, 진짜 형제자매가 아닌 이상 핏줄로서의 형제자매가 될 수는 없다.

만일 24시간 지켜볼 수 있다면 남자아이들과 여자아이들이 같이 생활해도 괜찮을 것이다. 하지만 그럴 수 없다면 구분해서 생활하도록 하는 것이 좋다. 그렇게 하지 않으면 바람직하지 않은 성 문제에 노출되기 쉽고, 심지어 그런 문제를 이른 나이에 경험하게 될 수도 있기 때문이다.

그러므로 건전하고 도덕적인 양육은 아이들이 친형제자매가 아니라면 남녀를 구분해 돌보는 것이 기본 바탕이 되어야 한다. 나는 일찍이 이런 문제들을 경험했고, 그래서 오늘날까지 대가족 중심의 양육 방식을 지켜나가고 있다.

어떤 사람들은 가정 단위의 소수 보육의 좋은 점을 말하기도 하지만, 다수로 이루어진 대가족 단위의 생활도 여러 면에서 좋은 점이 많다. 더 활기가 넘치고, 더 활동적이며, 대가족이기 때문에 자체적으로 오락 프로그램도 가능하다. 또 운동팀을 만들 수도 있고 다른 가족과 축구나 배구, 농구 시합을 할 수도 있다. 대가족이기 때문에 아이들은 자신을 이해해주는 친구를 더 쉽게 찾기도 한다. 뿐만 아니라 경제적이고, 인력 활용에 있어서도 훨씬 효과적이다.

그때만 해도 수도가 없어 수녀님들은 필요한 모든
물을 머리에 이고 날라야 했다.

시간이 갈수록 가난한 사람들을 위한 사업은 많아졌다. 그리고 가난한 사람들을 위해 헌신하겠다는 마리아수녀회 지원자들도 늘어났다. 자연히 나는 수녀들의 양성과 수련 그리고 구호사업에 더 많은 시간과 노력을 기울여야 했다. 그 때문에 송도 성당에서 주임신부로서 일하는 시간은 자꾸만 줄어들었다.

나는 성당에서 멀지 않는 곳에 땅을 마련해 현대식 보육원과 수녀원 그리고 작은 사제관을 지었다. 그리고 송도 성당 주임직을 사임하고, 수녀들과 아이들과 함께 훗날 소년의 집의 중심이 될 새 보육원으로 옮겨갔다. 그때가 1967년 늦가을이다.

가난한 사람들을 위한
병원을 열다

그 어느 곳에도 가난하고 돈 없는 환자들에게 무료로 치료해 주는 병원은 없었다. 그러다보니 가난한 사람들은 참는 것이 약이다 하며 살았고, 심지어 적절한 치료를 받지 못해 병이 악화되거나 죽기까지 했다.

여러 보육원에서 인수한 아이들과 함께 살기 시작한 뒤 나는 가난한 사람들을 위한 구호사업을 조금씩 넓혀갔다. 가장 먼저 한 사업은 무료 진료소를 세우는 일이었다.

나는 쓰레기더미와 똥구덩이 지천이던 부산시 서구 아미동과 감천동 경계에 있던 시유지를 부산시로부터 인수한 다음, 일꾼들을 고용해 쓰레기더미를 치우고 구덩이에서 똥을 퍼내고 흙을 채워 다진 다음, 진료소를 세웠다. 의사 1명과 간호사 2명, 관리 책임을 맡은 수녀 1명으로 구성된 초기 진료소는 '아미동 진료소'란 이름을 붙였는데, 부산에서 가난한 지역에 문을 연 최초의 의료기관이었다.

아미동 진료소는 부산에서 가장 가난한 두 동네를 양쪽에 끼고 있었기 때문에 문을 연 첫날부터 환자들이 넘쳤다. 의사 한 사람이 하루에 1백 50명에서 2백 명의 환자를 진료해야 할 정도였다. 아미동과 감천동 말고 아주 먼 곳에서 오는 사람들도 많았다. 역시 가난한 동네에 사는 사람들이었다.

늘어나는 환자들을 감당하기 힘들어, 아미동 진료소를 만들고 난 다음해1967년 암남동과 보수동에 또 다른 진료소를 세웠다. 진료소가 세 군데로 늘자 하루에 진료를 받을 수 있는 환자 수도 4,5백

무료 진료를 받기 위해 진료소로 몰려든 사람들. 의사 한 사람이 하루에 150명 이상을 진료했지만 그래도 진료를 받지 못하고 돌아가는 사람들이 많았다.

명으로 늘어났다. 하지만 여전히 진료를 못 받고 돌아가는 사람들이 많았고, 더구나 진료소는 1차 치료만 할 수 있었기 때문에 한계가 많았다. 진료소에서 치료할 수 없는 질병을 치료할 수 있는 현대식 의료 장비를 갖춘 무료 병원이 필요했다.

절실했던 무료 병원

당시 부산뿐 아니라 그 어느 곳에도 가난하고 돈 없는 환자들에게 돈을 받지 않고 치료해주는 병원은 없었다. 그러다보니 가난한 사람들은 참는 것이 약이다 하며 살았다. 실제로 많은 사람들이 적절한 치료를 받지 못해 병을 악화시키거나 심지어 죽기까지 했다. 이런 사실을 잘 알고 있던 나는 최대한 빠른 시간 안에 가난한 사람들을 위한 무료 병원을 세우고 싶었다.

먼저 수녀원 가까운 곳에 땅을 사들였다. 그리고 건축가를 고용해 설계를 하고 건축업자를 정해 공사를 시작했다. 하지만 일은 쉽지 않았다. 토목공사를 위한 허가를 받아야 했고, 건물을 짓기 위해서는 다시 건축 허가를 받아야 했다. 그것은 어렵고 까다로운 절차를 요구했다.

한편으로는 엑스레이 기계와 소독기, 병리 검사기기, 수술대와 수술기기 같은 의료 장비와 기구를 미국에 주문했다. 시간이 지나자 장비와 기구들이 도착했고, 까다로운 통관 절차를 거쳐 병원에 설치할 수 있었다.

그러나 가장 어려운 일은 실력 있는 의사와 간호사, 의료기사를 구해 의료진을 짜는 일이었다. 실력 있는 사람들을 채용하기 위해서는 월급을 많이 주어야 한다는 사실을 잘 알고 있었다. 나는 직원들이 휴게실에 앉아 담배나 피우고 커피를 마시면서 잡담이나 하는 것을 결코 용납하지 않을 작정이었다. 환자들이 모두 가난하고 소외받는 사람들이라는 사실을 늘 생각할 수 있는 그런 의료진을 원했다.

대부분의 한국 의사들은 깨끗한 옷을 입고 교양이 있었고 몸에서 냄새도 나지 않았으며, 병원비 말고도 고마움의 표시로 선물을 건네주는 돈 많은 환자들을 좋아했다. 이런 사정을 알고 있던 나는 다른 병원보다 월급을 10~20% 더 준다는 조건으로 직원들을 구했다. 그렇게 해서 실력 있는 전문 의료 인력을 갖추고 '구호병원' 문을 열 준비를 끝냈다.

가난한 사람들을 위한 병원

1970년 10월 25일, 마리아수녀회에서 운영하는 구호병원은 부산시장이 참석한 가운데 개원식을 하고 정식으로 환자들을 진료하기 시작했다. 소문은 빨리 퍼졌다. 부산뿐 아니라 다른 지역에서도 가난한 환자들이 모여들기 시작했다.

구호병원에 입원해 치료를 받기 위해서는 몇 가지 조건이 필요했다. 치료비를 낼 수 없을 만큼 가난한 사람이어야 하고, 구호병원에서 치료할 수 있는 병이어야 하고, 병원에 빈 침대가 있어야 했다.

가난한 사람들에게 돈을 받지 않고 치료를 해주기 시작한 구호병원이 맞닥뜨린 첫 번째 문제는 환자를 받을 공간이 늘 부족하다는 것이었다. 구호병원의 적정 수용인원은 120명 정도였는데, 병원에는 언제나 150명이 넘는 환자가 입원해 있곤 했다.

구호병원에서 가장 큰 혜택을 본 사람들은 외과 수술로 건강을 되찾은 사람들이었다. 수술을 해야 한다는 사실을 잘 알면서도 돈이 없어 수술을 받지 못했던 사람들이 구호병원에서 수술을 받고 건강해진 경우가 무척 많았다.

가끔은 구호병원에서 수술할 수 없는 질병으로 입원하는 환자도 있었다. 그럴 때는 외부 의사를 불러 수술을 하도록 했다. 이때 외부 의사들은 최소한의 보수를 받거나 어떤 경우에는 전혀 받지 않기도 했다.

진료소를 찾아온 환자 가운데 수술이 필요하다고 해서 무조건 구호병원에 입원시키지는 않았다. 병상은 한정되어 있고, 입원을 원하는 사람들은 너무 많았기 때문이다. 그래서 1차로 가벼운 질병의 환자들은 진료소에서 치료를 끝내는 경우가 많았다.

입원 치료나 수술이 필요하다는 진단이 내려지면 구호병원에 근무하는 수녀가 환자의 집을 찾아가 정말 가난한 사람인지 확인하고 판단을 내렸다. 이것은 가난한 사람들의 고통을 덜어주기 위해 세운 병원의 원래 목적에 충실하기 위해서였다. 입원 환자에게 들어가는 진료 비용은 무척 비쌌고 그 비용을 도움이 꼭 필요한 사람에게 사용해야 하는 것은 무척 중요한 일이었다.

무료 병원을 열겠다고 했을 때, 병원비를 내지 않기 위해 거짓으로 가난한 척하는 환자들로 병원이 넘쳐날 것이라는 경고성 충고가 많았다. 그러나 실제로는 그렇지 않았다. 가정방문을 통해 생활 형편을 확인했기 때문에 조금이라도 여유가 있는 사람들은 거절당할 것을 알고는 처음부터 구호병원에 오지 않았다.

아픈 사람은 누구나 치료받아야 한다

병원 사업은 가난한 사람들에게 주신 하느님의 선물일 뿐만 아니라 소년의 집 아이들에게도 큰 도움이 되었다. 처음 소년의 집에 들어오는 아이들은 대부분 건강 상태가 좋지 않았기 때문에 종합적으로 치료할 수 있는 자체 병원이 있다는 것은 무척 다행인 일이었다. 실제로 120~150명에 이르는 구호병원 입원 환자 가운데 언제나 소년의 집 아이들이 15명 정도 되었다.

특히 훗날 서울 소년의 집이 생기고부터, 날마다 10~20명의 아이들이 서울 소년의 집 새 식구가 되었는데, 길거리나 기차역, 버스 정류장 또는 다리 밑에서 생활하다가 서울시 공무원에게 단속되어 온 아이들은 이런저런 병을 앓고 있는 경우가 많았다. 그러므로 응급을 요하는 환자를 빼고는 모두 부산 구호병원으로 보내

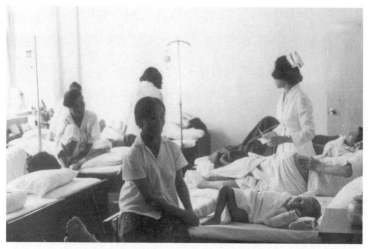

120명 정도가 입원하면 적당했던 구호병원에는 늘 150명 이상이 입원해 있었다.

검사를 하고, 입원을 시키고, 필요하면 수술을 했다.

그런데 부산은 서울에서 4백 킬로미터 넘게 떨어져 있었고, 아픈 아이를 부산까지 보내는 것은 쉬운 일이 아니었다. 그렇지만 버림받은 아이들이 부산의 구호병원만큼 성의 있는 치료를 받을 수 있는 곳이 서울에는 그 어디에도 없었다. 게다가 서울의 병원비는 무척이나 비쌌다. 그래서 언젠가는 서울에도 무료 병원을 세울 것을 마음속으로 다짐했고, 마침내 1982년 '도티기념병원'이란 무료 병원을 서울 소년의 집 안에 세울 수 있었다.

구호병원을 찾는 환자들은 어떤 의미에서 보면 특별한 환자들이었다. 한 가지 병만 가진 환자는 거의 없었고, 구호병원에 오기 전까지 아무런 현대 의학의 혜택을 받은 경험이 없는 경우가 대부분이었다. 그러다보니 가끔 구호병원 의사들은 환자의 정확한 병명과 병력을 아는 데 무척 힘들어하기도 했다. 가난한 사람들은 참는 것이 약이었고 입술을 깨물며 오랫동안 고통을 이겨왔기 때문에, 의사가 주의 깊게 질문하고 탐색하지 않으면 자신이 경험한 과거와 현재의 고통을 잘 표현할 줄 몰랐다.

구호병원 의사들은 다른 병원의 환자들과 구호병원 환자들의 차이점에 가끔 놀라기도 했다. 구호병원 환자들은 영양가 높은 음식과 충분한 휴식만으로도 병이 낫는 경우가 많았기 때문이다. 그만큼 구호병원에 입원하는 환자들은 그 전까지 자신들의 몸을 거의 돌보지 않았고, 그 때문에 약간의 치료와 휴식, 영양가 있는 식사만으로도 병이 낫는 경우가 많았던 것이다.

수녀들도 병원을 성공적으로 운영하는 데 없어서는 안 될 중요한 자리에 있었다. 비록 전문 교육을 받은 간호사나 의료기사는 아니었지만 그들은 병원의 중심 인물들이었다. 각 부서에서 의료진과 함께 일하면서 환자들이 최상의 의료 서비스를 받을 수 있도록 최선을 다했다.

수녀들은 친절한 모습으로 환자들에게 다가가 그들을 위로하고, 기도해주고, 마지막 순간에는 임종을 도와주기도 했다. 그러므로 내가 세운 모든 복지사업의 경우처럼 병원 사업도 수녀들이 없으면 활기가 없고 무기력하고 혼이 빠진 사업이 될 것이 틀림없었다.

언젠가 구호병원에서 설문 조사를 한 적이 있다. 설문 가운데 '만일 구호병원이 없었다면 당신에게 무슨 일이 일어났겠습니까?' 라는 질문이 있었는데, 그 질문에 대답한 사람 가운데 약 40%가 '아마 죽었을 것' 이라고 했다.

병든 거리생활자들을 위한
구호활동

나무침대 밑으로 떨어진 환자들의 대소변은 시멘트 바닥에 그대로 깔려 있었다. 어떤 환자는 옷을 반쯤 걸치고, 어떤 환자는 옷을 전혀 입지 않고 있기도 했다. 나중에서야 도망가지 못하도록 일부러 옷을 벗겨 놓았다는 사실을 알았다.

1960년대 후반과 1970년대 초반의
부산 거리에는 병든 거리생활자와 죽어가는 거지들이 무척 많았
다. 그들은 부산 거리를 더럽히고 지나는 사람들에게 혐오감을 주
었기 때문에 부산시 당국의 골칫거리였다.

처음에 부산시는 이들을 단속해 부산대학병원 뒤쪽 서구 아미
동에 있는 한 목조 건물에 수용했다. 그 수용소는 '행려환자 구호
소'란 이름이 붙어 있었는데, 서구 토성동에서 손수건 모금 사업
을 벌이고 있던 한국자선회 건물과 가까웠다. 그 뒤 부산시는 서
구 암남동에 있는 마리아수녀회에서 5킬로미터 떨어진 시 외곽에
새 건물을 짓고 구호소를 그곳으로 이전했다.

새 구호소는 시멘트 블록으로 지은 직사각형 건물 두 동으로 되
어 있었는데, 한 건물은 진료소와 사무실이었고 다른 건물은 환자
동이었다. 환자동은 다시 몇 개의 큰 방으로 나뉘었는데, 각 방에
는 환자들을 위한 나무침대가 놓여 있었다.

환자동에는 1백 명에서 1백 20명의 남녀 젊은이와 늙은이들이
함께 수용되어 있었는데, 인간 이하의 생활환경에서 말로 표현할
수 없는 고통을 당하며 살고 있었다. 많은 환자들이 결핵을 앓고
있었고, 상당수는 정신질환을 앓고 있기도 했다. 그 밖의 사람들
도 암이나 여러 가지 질환을 앓고 있었다. 그런데도 어떠한 의료

서비스도 받지 못한 채 방치되어 있다시피 했다.

게다가 환자동은 60명 정도를 수용하면 그런대로 괜찮을 정도였는데, 실제로는 두 배가 넘는 사람들을 수용하고 있었기 때문에 상황은 말로 표현하기 힘들 정도로 최악이었다. 누우면 서로 포개질 정도였고, 나무침대 밑으로 떨어진 환자들의 대소변은 시멘트 바닥에 그대로 깔려 있었다.

그런 상황에서 어떤 환자는 옷을 반쯤 걸치고, 어떤 환자는 옷을 전혀 입지 않고 있기도 했다. 나중에서야 도망가지 못하도록 일부러 옷을 벗겨 놓았다는 사실을 알게 되었다. 그런 상태에서는 비록 갈 곳이 없다고 해도 도망갈 힘만 있으면 도망가고 싶을 것 같았다. 나는 그곳이 바로 이 세상에 존재하는 지옥이라고 생각했다.

언젠가 책에서 '사람 안에 마귀가 존재한다는 징표는 자신의 몸에서 나온 배설물의 지독한 냄새로 알 수 있다'는 구절을 읽은 적이 있다. 이 말대로라면 행려환자 구호소에는 분명히 마귀가 있었다. 그곳의 지독한 냄새는 마치 도끼로 공기를 자르듯이 도저히 없앨 수 없을 만큼 지독했기 때문이다. 뿐만 아니라 이와 빈대를 비롯해 온갖 해충도 버글거렸고, 여름에는 파리와 모기떼도 미친 듯이 극성을 부렸다.

문제는 이것만이 아니었다. 식품과 환자 진료에 필요한 운영비가 지급되고 있었지만 그것마저 제대로 감독되지 않고 있었다. 그

구호소 환자들 모습

구호소를 인수하기 전, 마리아수녀회는 틈나는 대로 구호소를 찾아가
환자들을 목욕시키고 먹을 것을 주고 조금이라도 인간답게 살 수 있도
록 해주려고 노력했다. 하지만 상황은 좀체 나아지지 않았다.

러다보니 환자들에게 제공되는 음식도 더럽기 짝이 없었다. 약과 돈도 부정하게 없어지면서 환자들은 그냥 내팽개쳐져 있는 상태였다.

구호소를 인수하다

행려환자 구호소는 마리아수녀회에서 차로 10분, 걸어 40분 거리에 있었기 때문에 수녀들은 주일이나 휴일에 정기적으로 구호소를 방문했다. 수녀들은 환자들을 목욕시키고, 머리를 손질하고, 손톱을 깎아주고, 먹을 것을 주고, 책을 읽어주고, 함께 기도하고 성가도 부르며 버림받고 내팽개쳐진 그 사람들이 조금이라도 인간답게 살 수 있도록 해주려고 노력했다.

그렇지만 상황은 좀체 나아지지 않았다. 늘 새로운 환자들이 들어왔지만 1백 20여 명의 환자들 가운데 20명 내지 30명이 다달이 죽어나갔기 때문에 전체 인원은 언제나 비슷했다.

시체 처리는 쓰레기를 치우는 정도로 간단했다. 시체를 가마니로 똘똘 말아 수레에 싣고 공동묘지로 가 땅을 얕게 파서 묻고는 나무 막대기로 표시해두는 것이 고작이었다. 또 상당수의 시체는 의학 연구용으로 대학병원에 팔려 가기도 했다. 그 과정에서 직원들은 상당한 부수입을 얻기도 했다.

이런 상황을 뻔히 보면서 그냥 있을 수는 없었다. 구원을 갈구하는 그들의 비명소리가 계속 들려왔기 때문에 나는 이 문제를 수녀들과 의논했다. 비록 걱정이 되기도 하고 앞날에 대한 불안도 많았지만 무엇이든 해야 한다는 데는 의견의 일치를 보았다.

나는 부산시장을 찾아가 행려환자 구호소의 운영을 마리아수녀회에 위탁해줄 것을 요청했다. 상당 기간의 행정 절차와 이유를 알 수 없는 지연 끝에 위탁 계약서에 서명하고 마리아수녀회는 구호소를 정식으로 인수했다.

구호소를 인수한 첫날은 지금도 기억이 생생하다. 1969년 7월 말쯤이었다. 몇 명의 수녀와 진료소 의사와 함께 지프를 타고 구호소로 갔는데 시 공무원들이 여기저기 서 있었다. 그들의 행동이 내 신경을 자극하기 시작했다. 그들은 우리에게 인계할 물건들의 목록을 만들고 있었는데, 대부분 부서져 못 쓰는 가구와 온갖 잡동사니들이었다.

내 마음을 괴롭힌 것은 한 푼의 가치도 없는 그런 물건에는 온갖 신경을 다 쓰면서 환자들에게는 전혀 관심을 갖지 않는 그들의 태도였다. 그래도 어쩔 수 없이 몇 시간을 참고 기다렸다가 물건들을 인수하는 서류에 도장을 찍었다. 물론 다음날 그 물건들은 대부분 불태워 없애버렸다.

시 공무원들이 떠난 뒤 나와 수녀들은 소매를 걷어 올리고 일을 시작했다. 환자들의 몸을 씻기고 새 옷으로 갈아입혔다. 일은 쉽지 않았다. 환자들의 몸은 차마 눈뜨고 보기 힘들 정도로 더러웠다. 어떤 환자는 원인을 알 수 없는 피부병을 앓고 있기도 했다.

마리아수녀회가 구호소를 인수하고부터 조금씩 변화가 일어나기 시작했다.
한 달 평균 20~30명에 달하던 사망자 수가 2~3명으로 줄었다.

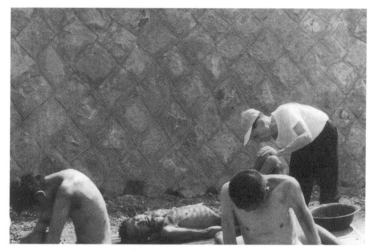

행려환자 구호소를 인수한 뒤 환자들을 목욕시키는 소 알로이시오 신부.
환자들을 목욕시키고 난 뒤 손가락에 피부병이 옮아 8개월 동안이나 고생해야 했다.

그러나 수녀들은 용감했다. 나도 환자를 목욕시키는 수녀들의 일에 동참했다. 그 뒤 이들로부터 선물을 하나 받았다. 손가락에 피부병이 옮아 염증이 생기는 바람에 치료하는 데 8개월이나 걸렸던 것이다.

환자들의 얼굴에 생기가 돌다

조금씩 환경이 좋아져 갔다. 부산에 주둔하고 있던 한 미군 공병대에 부탁해 연막 소독을 했고, 벽과 시멘트 바닥에 페인트칠도 했다. 작은 건물을 더 지어 진료소와 성당, 관리 책임을 맡은 수녀의 숙소를 만들었다. 그렇게 해서 사무실로 쓰던 건물 한 동을 환자들에게 돌려줄 수 있었다. 그렇게 되자 환자들은 비좁은 공간에서 조금이나마 벗어날 수 있었다.

두 동의 건물에 남녀를 나누어 보호함으로써 이전 같은 혼숙의 폐단도 없앴다. 그리고 식사의 질과 양을 좋게 했고, 처음으로 진료다운 진료도 시작했다. 그리고 나는 정신과 의사를 찾아가 정신 질환을 앓는 환자를 어떻게 다루어야 하는지 요령을 배워 그대로 했다.

서너 달이 지나자 죽어나가는 사람들이 줄기 시작했다. 한 달 평균 20~30명에 이르던 사망자가 2~3명으로 줄었다. 더욱 반가운 것은 환자들의 얼굴에 생기가 돌고 표정이 밝아졌다는 사실이다. 시한부 인생을 살고 있던 어떤 환자는 짧은 기간 동안 자신에

라면을 먹는 구호소 여자 병동 환자들. 마리아수녀회가 구호소를 인수하고 난 뒤 구호소는 웃음소리와 활기가 넘치는 곳으로 바뀌었다.

게 일어난 놀라운 변화를 보고 믿을 수 없는 일이라며 '지옥이 천국으로 바뀌었다' 고 했다.

아무리 수녀들의 극진한 보살핌을 받는 구호소라고 해도 천국과 낙원에 견줄 수는 없을 것이다. 그러나 적어도 그곳이 사람이 살 수 있는 곳이 되었고, 또 중요한 것은 종교적 분위기가 만들어 졌다는 사실이다. 그들은 서서히 하느님을 알게 되었고, 형제처럼 서로 돕기 시작했다. 기도하는 법을 배워 많은 환자들이 성당 안에서 기도하며 오래도록 머물기도 했다.

신앙생활을 강조한 것은 그것이 비단 정신 건강에 도움을 줄뿐만 아니라 육체의 질병에도 치료 효과가 있기 때문이었다. 실제로 종교적 믿음에 의지해 희망과 긍정적인 생각을 갖게 된 것이 육체적 건강을 회복하는 데 큰 도움이 된 경우가 많았다.

부산 소년의 집이
문을 열기까지

말기 상태의 폐결핵을 앓고 있던 희망원의 한 소녀는 진료소에 온 지 이틀 만에 죽고 말았다. 그 어린 소녀의 죽음은 나를 재촉했다. 희망원 아이들을 위해 무엇인가 해야겠다는 결심을 하게 했다.

행려환자 구호소 운영을 맡은 뒤 한 가지 사실이 내 관심을 끌었다. 구호소 건너편 아래쪽에 습지를 메운 넓은 터가 있었는데, 그 터 위에 설명하기 어려운, 마치 군대 막사같이 생긴 단층 시멘트 건물이 여러 채 있었다.

그 근처를 지나친 적이 여러 번 있었지만 처음에는 별로 관심을 기울이지 않았다. 사람의 인기척이라곤 전혀 찾아볼 수 없었고, 지나칠 때마다 썩 유쾌하지 않은 기분이 들어 그저 폐기된 군인 막사거나, 그렇지 않으면 양계장 같은 곳이라고 생각했다. 그런데 알고 보니 그곳은 길거리에서 잡아들인 아이들을 수용하는 한국판 집단수용소였다. 마치 2차 세계대전 중의 유대인 수용소처럼 불쌍한 아이들이 길이나 기차역, 다리 밑에서 단속되어 그곳에 수용되어 있었던 것이다.

그곳의 이름은 희망원(가명)이었다. 그런데 그곳에 수용된 아이들은 희망을 갖고 다시 일어서기는커녕 온갖 중병과 학대로 지쳐 있었다.

나는 조금씩 희망원의 내막을 알게 되었는데, 조직 폭력배의 우두머리, 이른바 '대부'가 그 시설을 관리하고 있었다. 대부란 사내와, 대부분이 깡패나 전과자인 그의 부하들이 절대적인 권력을 가지고 부산 거리를 누비며 만나는 모든 거지와 행려환자와 길거리 아이들을 무차별적으로 잡아들여 마치 쓰레기처럼 트럭에 실어가서는 그곳에 수용하고 있었다.

굶주림과 폭력으로 얼룩진 희망원

희망원에는 무려 1천 2백 명이나 되는 남녀 성인과 아이들이 수용되어 있었다. 그들 중에는 정신질환자도 있었고, 신체장애자들도 있었다. 특히 많은 아이들이 폐결핵과 영양실조, 눈병, 피부병을 앓고 있었다. 하지만 아무런 치료도 받지 못한 채 온종일 방 안에 갇혀 있다시피 했다. 희망원이 숲으로 가려진 한적한 곳에 있다 보니 사람들 눈에 잘 띄지 않아, 오랫동안 그런 식으로 유지되고 있었는데도 잘 눈치 채지 못했던 것이다.

자세한 내막을 알게 된 나는 갖가지 구실을 붙여 수녀들과 함께 희망원을 자주 방문했고, 대부라는 사내도 알게 되었다. 대부란 사내는 마치 큰 불도저 같은 몸집에 험악한 인상이었는데, 웃을 때도 얼굴에 찬 기운이 흘렀다. 그래도 우리가 방문하면 시설과 원생들에 대해, 특히 아이들에 대해 너털웃음을 보이며 열심히 설명하곤 했다.

희망원은 건물과 주위는 그럭저럭 깨끗했지만 아이들이 수용되어 있는 내부를 들여다보면 공포의 수용소나 다름없었다. 50~60명의 아이들이 한 방에 수용되어 있었는데, 아이들은 양반다리를 하고 입을 꼭 다문 채 앞에 앉은 아이의 뒤통수만 쳐다보고 있었

마치 포로수용소 같았던 희망원

아이들은 폐결핵과 영양실조, 각종 피부병을 앓고 있었지만
아무런 치료도 받지 못한 채
어두컴컴한 골방에 온종일 갇혀 있다시피 했다.

다. 그리고 아이들 주위에는 대부의 부하로 보이는 사내가 몽둥이를 들고 사나운 눈초리를 한 채 아이들을 감시하고 있었다. 이것이 사회와 가정에서 버림받은 아이들을 재교육하고 재생시키는 대부의 방식이었다.

많은 아이들이 틈만 있으면 도망친다는 사실도 뒤에 알게 되었다. 하지만 밤이 되면 경비들이 희망원을 지키고 있었기 때문에 탈출을 기도하는 아이는 대단한 담력을 가져야 했다. 도망치다 붙잡히면 심하게 매를 맞고, 심지어 담뱃불로 발바닥을 지지기도 했다. 이런 폭력으로 불구가 된 아이들도 있고 심지어 죽은 아이들도 있다고 했다.

행려환자 구호소와 마찬가지로 희망원에서도 아이들이 많이 죽어나갔는데, 보호 소홀에 따른 영양실조와 각종 질병이 가장 큰 원인이었다. 그리고 가끔은 폭력에 의해 죽는 아이들도 있었다. 우리가 새로 맡은 구호소에서 희망원이 멀지 않았기 때문에 수녀들은 종종 밤중에 길 건너 희망원에서 들려오는 사람들의 비명소리를 들을 수 있었다.

실제로 마리아수녀회가 구호소 운영을 맡고 나서부터 한 달에 한두 명 이상의 희망원 환자가 구호소에서 운영하는 진료소로 치료를 받으러 왔는데, 대부분 폭력에 의해 상처를 입은 환자들이었다. 한번은 머리가 깨진 노인이 진료소에 도착한 뒤 겨우 몇 시간

만에 죽기도 했다. 희망원은 사람의 목숨을 소홀히 다루는 것이
틀림없었다. 더구나 여자 수용자들은 경비와 간부들에 의해 성폭
행까지 당하고 있다는 사실도 나중에 알게 되었다.

어느 소녀의 죽음

어느 무더운 여름날이었다. 희망원에서 데리고 온 한 어린 소녀
를 구호소의 진료소 의사가 진찰을 하고 있는데 상태가 좋지 않다
는 연락이 왔다. 나는 급히 진료실로 달려갔다.

소녀는 수척한 몸에 말기 상태의 폐결핵을 앓고 있었다. 나는
그 어린 소녀의 삶을 체념한 듯한 애처로운 모습을 결코 잊을 수
없다. 이 글을 쓰는 순간에도 그 소녀의 슬픈 눈이 떠올라 나를 괴
롭힌다. 소녀는 희망원에서 1년 넘게 살았는데 치료나 간호를 전
혀 받지 못했다고 했다.

이틀 뒤, 결국 소녀는 죽고 말았다. 슬퍼할 겨를이 없었다. 그
어린 소녀의 죽음은 나를 재촉했다. 희망원 아이들을 위해 무엇인
가 해야겠다는 결심을 하게 했다.

나는 희망원의 확실한 불법 사실을 가능한 한 많이 모아 보고
서를 만든 뒤, 부산시 보건사회국장을 만나 직접 제출했다. 그러
나 국장은 별 관심을 보이지 않았다. 나는 그 보고서를 관할 경찰
서장에게 가져갔다. 그런데 뜻밖에 서장은 크게 흥분하면서 대부
와 그의 시설 문제에서 손을 떼라고 했다. 게다가 "그렇지 않으

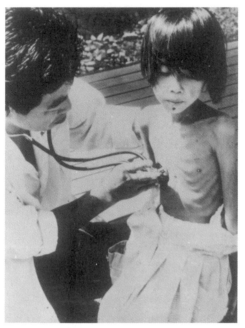

말기 상태의 폐결핵을 앓고 있었던 이 소녀는 희망원에
서 1년 넘게 사는 동안 치료를 전혀 받지 못했다고 한다.
결국 소녀는 진료소에 온 지 이틀 만에 죽고 말았다.

면…!"하고 오히려 내게 엄한 경고를 했다. 나는 다시 이 문제를 부산시장에게 가져갔으나 그 또한 무관심했다.

부산에서 아무런 반응을 얻을 수 없었던 나는 보고서 사본을 대통령과 국무총리, 내무부장관, 검찰총장, 보건사회부장관에게 보냈다. 그러자 부산시장과 지방 관리들은 내가 큰 소동을 일으킨 사실에 대해 단단히 화가 났다. 그렇지만 나는 그들에게 먼저 기회를 주었고, 그들은 아무 조처를 취하지 않았을 뿐이었다.

중앙정보부 사람들이 나를 찾아오는 등 서울 쪽에서 먼저 반응이 있자 부산에서도 갑자기 움직이기 시작했다. 그제야 부산시장은 증거를 확보해 대부를 고발했다.

마침내 모든 사람들을 놀라게 한 사건이 일어났다. 대부가 철창에 갇힌 것이다. 지방 신문들은 대부를 공격하는 기사를 일제히 실었다. 그를 불쌍한 아이들의 피를 빨아먹는 흡혈귀로 표현했다. 대부가 철창 속에 단단히 갇혀 있는 동안 지방 언론들은 능숙한 필치로 정의를 옹호했다.

하지만 대부는 만일 자신이 하수구로 깊이 빠지게 되면, 부산시의 수많은 관리들도 함께 빠져야 한다는 사실을 검찰에게 내비쳤다. 그는 부산시의 수많은 고위 관리들이 자신을 도와준 사실에 대한 증거를 갖고 있었다. 그것이 많은 사람들을 불안하게 만들었다. 결국 얼마 가지 않아 그에 대한 고발이 취하되었고, 대부는 천둥 같은 소리로 내게 복수를 다짐하면서 감옥에서 나왔다.

감옥에서 나오자 그는 마치 강력계 형사처럼 나를 공격해왔다. 명예훼손과 무고죄로 나를 고발했는데, 명예훼손과 무고죄에 대해 한국의 법은 명확하지가 않았다. 더구나 대부는 많은 지방 권력자들과 친분을 갖고 있었다. 이런 거짓된 힘을 바탕으로 대부는 나와 수녀들을 위협하기 시작했다.

대부의 부하들도 수십 번 넘게 수녀원을 찾아와 수녀들을 협박하고 욕설을 퍼붓고 수녀원의 생활을 어렵게 만들었다. 게다가 나한테서 신부로서의 명예를 더럽힐 만한 행위를 발견할 수 있을까 하는 기대감으로 수녀원 안 외딴 언덕에 있는 방 두 개짜리 사제관 주위에 숨어서 나의 일거수일투족을 24시간 감시하기도 했다.

희망원에서 5킬로미터쯤 떨어진 곳에 작은 나환자 정착촌이 있었다. 대부란 사내는 그 정착촌도 관리하고 있었다. 그런데 그곳의 나환자들 대부분이 대부의 하수인이었고, 희망원 부하들보다 더 사나웠다. 그들은 사회로부터 격리된 사람들로서 도대체 두려워하는 것이 없었다. 나병을 옮길까봐 경찰들도 그들을 피하다 보니 그들의 활동 영역은 점점 넓어지고 거칠어져 갔는데, 그들은 대부를 위해 수녀원과 구호소를 수없이 찾아와 행패를 부리곤 했다.

한번은 구호소에서 괴상한 장면이 연출되기도 했다. 대부의

소 알로이시오 신부는 희망원 아이들을 구해내기 위해 1971년 6월 17일부터
서명 운동을 벌였다. 그때 받은 서명 인원이 123,412명이나 되었다.

소년의 집으로 가기 위해 줄지어 서 있는 희망원 아이들

부하인 정착촌의 나환자들이 우리 구호소에 난입해 나를 추방하라고 외치자, 구호소 환자들이 나를 옹호하는 뜻에서 병실에서 뛰어나와 결핵균을 옮길 수 있는 침을 그들의 얼굴에 뱉었던 것이다. 그러자 나환자들이 그들의 문드러진 손으로 구호소 환자들을 붙들려고 하는 바람에 한바탕 소동이 벌어지고 말았다. 이와 같은 야단법석은 몇 달 동안이나 계속되었다.

지방 당국으로부터는 아무것도 기대할 수 없었고, 대부란 사내는 여전히 희망원을 장악한 채 보호라는 이름으로 아이들에게 욕설과 감금, 폭력을 휘둘렀다. 결국 나는 불쌍한 아이들을 구해내

몇 차례 협상 끝에 2백 명의 아이들을 소년의 집으로 데려왔다. 그리고 몇 년 뒤
희망원은 완전히 폐쇄되었고, 나머지 아이들도 모두 소년의 집으로 오게 되었다.

기 위해 대부와 협상을 할 수밖에 없었다.

　몇 주 동안의 협상 끝에 합의점 하나를 만들어냈다. 원생들을 위해 2만 달러에 해당하는 먹을 것과 입을 것을 희망원에 지원해주는 대신, 마리아수녀회 수녀들이 수시로 희망원을 방문해 아이들을 돌봐줄 수 있도록 허락을 받았다. 그리고 희망원의 운영 부담을 덜어주기 위해 2백 명의 아이들을 마리아수녀회가 인수해 돌보기로 했다.

　그런데 나중에 알고 보니 아이들을 위해 희망원에 지원해준 구호품은 대부란 사내가 몽땅 팔아 개인적으로 챙겨버렸다. 그래도 합의한 대로 2백 명의 아이들은 마리아수녀회에 인계했다. 대부의 부하들이 아이들을 마치 포로로 붙잡힌 군인처럼 줄을 세워 행진시켜서는 수녀원으로 데리고 왔다.

당시 수녀원 뒤 천마산 자락에는 가난한 아이들을 위한 무료 고등 공민학교를 만들기 위해 지어놓은 건물이 있었다. 다행히 아직 개교를 하지 않은 때라 그 건물의 내부를 일부 개조해 아이들 숙소로 만들었다. 이렇게 해서 '부산 소년의 집'이 처음으로 문을 열게 되었다. 그때가 1969년 10월이다.

상처받은 아이들

희망원에서 데리고 온 아이들은 마치 야성의 패거리 같았다. 단단히 고정되지 않은 물건들은 모조리 사라졌다. 문의 손잡이, 구리 전선, 자물쇠, 수도꼭지 따위가 없어져 갔다. 나중에는 고정되지 않은 물건뿐 아니라 인조석 바닥에 깊이 박힌 구리선까지 파내어 갔다.

아이들은 화장실이 있는데도 사용하지 않고 마치 동물들처럼 건물 구석에 똥을 누고 오줌을 쌌다. 며칠 지나지 않아 건물은 온통 똥오줌으로 뒤덮이면서 동물원 같은 냄새가 났다.

나는 아이들과 이야기를 나누어보았다. 아이들의 이야기를 듣는 동안 가슴이 먹먹해져 왔다. 그동안 아이들이 겪은 고통이 참으로 엄청났다. 아이들 대부분이 엄마와 아빠를 잃었고, 어떤 아이들은 어린 나이에 부모로부터 버림을 받아 순전히 자신의 힘

이제 아이들은 더 이상 매 맞고 굶주리지 않아도 될 것이다. 부모가 있는
다른 아이들처럼 학교에도 가고, 소풍도 가게 될 것이다.

희망원에서 소년의 집으로 온 아이들은 각자 자신의 침대를 갖게 되었다. 태어나
처음으로 갖게 된 침대가 신기한 듯 도무지 잠을 잘 생각을 하지 않는다.

으로 살아가야 했다. 아이들은 길에서 얻어먹거나 물건을 훔치면서 살아왔고, 여러 곳에 흩어져 있는 넝마주이 소굴에서 살기도 했다.

아이들의 지난 이야기를 듣고 나니 아이들의 행동이 이해가 갔다. 나는 일반적인 방법의 집단 보호 대신 다른 방법을 생각해냈다. 아이들을 30명 단위로 묶어 한 가족을 만든 뒤 수녀 한 사람이 관리를 맡고, 그 가족의 엄마가 되는 것이었다. 가족은 같은 지붕 아래에서 같이 먹고, 같이 자고, 같이 공부하면서 엄마 노릇을 하는 수녀의 보살핌을 받도록 했다.

그렇게 하자 아이들은 조금씩 정서적으로 안정되어 갔다. 얼마 뒤에는 자격을 갖춘 정식 교사를 채용해 아이들을 일반 학교에 입학시킬 수 있도록 예비교육을 시켰다. 많은 아이들이 학교 교육을 부분적으로 받았거나 전혀 받지 못해 곧바로 학교에 보낼 수 있는 상황이 아니었기 때문이다.

기초 학습을 시킨 뒤 아이들을 인근 두 곳의 초등학교에 나누어 입학을 시켰다. 그러나 현실은 너무나 차가웠다. 또래 아이들과 학부모들은 물론 교사들조차 우리 아이들을 멸시하며 고아, 거지, 인간쓰레기라고 놀리며 따돌렸다. 교실에서는 날마다 싸움이 벌어졌고, 교사들은 일방적으로 우리 아이들에게 책임을 씌워 벌을 주거나 교실 맨 뒤에 세워 놓았다.

버림받은 아이들을 위한 학교

　다른 문제들도 많았다. 엄마 수녀가 책값이나 수업료를 주면 아이들은 엉뚱한 곳에 쓰거나 심지어 도망쳐 다시 거리 생활로 돌아가곤 했다. 이러한 여러 가지 문제들 때문에 아이들을 위한 학교를 직접 세우기로 마음먹었다.

　결정한 것은 가능한 한 빨리 추진해야 한다는 생각을 갖고 있는 나는 곧바로 학교 법인을 만들고, 실력 있는 교사들을 채용했다. 그렇게 해서 공식 인가를 받은 정식 초등학교가 문을 열었고 1973년 3월, 아이들은 모두 '자신들의 학교'에 다닐 수 있게 되었다. 그리고 1년 뒤에는 중학교가 문을 열었고, 다시 2년 뒤에는 공업고등학교까지 문을 열었다.

　나는 무엇보다 아이들의 교육을 가장 중요하게 생각했다. 하지만 당시 국가에서 관리하는 아동복지사업은 먹여주고 재워주는 데 그치는 초보적인 단계에 있었다. 사람들은 그것만 해도 대단한 것이라고 생각했다. 먹지도 못하고 입지도 못하는 아이들이 너무나 많던 시절이었기 때문이다.

　그렇지만 아이들이 교육을 받지 못하면 스스로 살아갈 수 있는 힘을 갖지 못하게 되고, 스스로 살아간다 해도 사회의 밑바닥 생활을 벗어날 수 없게 된다는 사실을 나는 너무나 잘 알고 있었다. 그래서 아이들의 의식주 문제를 해결하자마자 곧바로 학교부터

새 책을 받고 마냥 신이 난 아이들

아이들의 의식주 문제를 해결하자마자 학교부터 세웠다.
교육을 받지 못하면 스스로 살아갈 수 있는 힘을 갖지 못하고,
성인이 되어도 밑바닥 생활을 벗어날 수 없기 때문이었다.

테너 엄정행 씨와 함께 공연하는 소년의 집 현악합주단. 소 알로이시오 신부는 소질이 있거나 하고자 하는 아이에게는 누구나 음악을 가르쳤다. 소년의 집 현악합주단은 1991년 제1회 자선공연을 시작으로 지금까지 연말이면 자선연주회를 펼치고 있다.

세웠던 것이다. 이는 훗날 아이들이 자라 어른이 되었을 때 당당한 사회인이 되게 하는 큰 바탕이 되었다.

나는 공부도 중요하게 생각했지만 그 못지않게 스포츠도 중요하게 생각했다. 몸이 건강해야 마음도 건강하고, 자신이 하고자 하는 것을 이룰 수 있기 때문이다. 그래서 아이들을 위한 시설을 지을 때 크고 작은 운동장을 만들어 축구와 농구, 배구를 마음껏 할 수 있게 했고, 수영장도 만들어주었다.

종교 교육도 생활의 중요한 부분이었다. 엄마 수녀들은 날마다 아이들에게 종교 교육을 했다. 옳고 그른 것을 가르치고, 기도하는 법도 가르쳐주었다. 종교 교육은 다른 어떤 교육보다 아이들을 변화시키는 데 큰 효과를 나타냈다. 아이들은 자신의 과거 생활을 잊고 처음과는 전혀 다른 모습으로 조금씩 바뀌어갔다.

2천 명이 한 지붕 아래,
서울 소년의 집

소년의 집에는 유치원부터 초등학교, 중학교 그리고 공업 고등학교까지 있었다. 우리의 목표는 아이들로 하여금 고등학교 교육까지 마치게 해서 사회에 나가 일자리를 얻어 스스로 살아갈 수 있도록 하는 데 있었다.

부산 소년의 집이 성공적으로 운영되자 서울시장은 복지업무 담당 공무원을 부산으로 내려보내 소년의 집 시설을 둘러보게 했다. 그러고는 서울에도 소년의 집을 만들어 달라는 요청을 했다.

그때 서울에는 시에서 직접 운영하는 시립아동보호소가 있었는데, 약 2천여 명의 부모 잃은 아이들이 수용되어 있었다. 시립아동보호소는 이전에 몇 번 방문한 적이 있었는데, 그때 받은 인상은 부산의 희망원보다 나은 점이라고는 하나도 없다는 것이었다.

나는 소년의 집 사업을 서울에도 진출시켜 달라는 서울시장의 요청을 받아들였다. 그러자 서울시는 시립아동보호소의 일부 땅을 서울 소년의 집 건축을 위해 내놓았다. 나는 그 땅에 1백만 달러의 돈을 들여 부산 소년의 집과 비슷한 규모의 서울 소년의 집을 만들었다. 부산에서 소년의 집을 시작한 지 6년째 되던 해였다.

모든 공사가 마무리된 1975년 1월 1일, 서울 소년의 집은 아이들의 생활관과 초등학교, 체육관, 성당, 수영장과 크고 작은 운동장을 갖추고 문을 열었다. 그와 동시에 시립아동보호소에 수용되어 있던 2천 명의 아이들 가운데 1차로 8백 명의 남자아이들을 인수했다.

당시 박정희 대통령의 큰딸 근혜 씨가 개원식에 참석했고, 다음

날 나는 박정희 대통령에게 만찬 초대를 받았다. 그 자리에는 서울시장과 서울시 교육감도 있었는데, 만찬 도중 서울시장은 시립아동보호소의 남은 시설과 그곳에 있는 나머지 1천 2백 명의 아이들도 모두 받아 달라는 제의를 했다. 1천 2백 명 가운데는 정신지체와 신체장애 아동이 3백 명 정도 포함되어 있었다. 나는 자금사정과 인력에 대한 확실한 믿음도 없는 상태에서 무턱대고 동의를 하고 말았다.

그로부터 3개월 뒤, 마리아수녀회는 나머지 아이들과 시립아동보호소의 모든 시설을 인수했다. 그리하여 2천 명이나 되는 대가족이 한 지붕 밑에서 같이 살기 시작했다.

미래를 갖게 된 아이들

서울 소년의 집에는 날마다 거리에서 단속된 남녀 아이들이 10~20명씩 들어왔다. 아이들의 나이는 4살에서 16살에 이르기까지 다양했는데, 대부분 영양실조 상태였고 피부병과 눈병, 결핵 따위를 앓고 있었다.

새로운 아이들이 들어오면 가장 먼저 건강검진부터 했다. 중증 아이들은 부산의 구호병원으로 내려보내 치료를 받게 하고, 가벼운 질병의 아이들은 서울 소년의 집에 마련한 진료소에서 임시로 고용한 의사에게 치료를 받게 했다. 그런 다음 엄마 수녀들이 아이들을 대상으로 심층 상담을 했다. 만일 가족을 찾을 수 있는 경

서울 거리에서 단속되어 실려온 아이들. 서울 소년의 집에는 이런 아이들이 하루에
20여 명씩 들어왔다. 마리아수녀회 수녀님들은 이런 아이들의 엄마가 되어주었다.

우라면 우선적으로 가족에게 돌려보냈다. 그렇지 않으면 소년의 집에서 생활하게 했다.

소년의 집에 살게 되면 반드시 학교에 들어가야 했는데, 그에 앞서 학력 적응 교육을 통해 뒤떨어진 학습을 보충받아야 했다. 당시 부산 소년의 집에는 이미 유치원부터 초등학교, 중학교 그리고 공업고등학교까지 있었는데, 우리의 목표는 아이들로 하여금 고등학교 교육까지 마치게 해서 사회에 나가 일자리를 얻어 스스로 살아갈 수 있도록 하는 데 있었다.

소년의 집 학교는 훌륭하게 운영되었다. 우수한 교사진이 있었고, 아이들은 열심히 공부했다. 학력평가 시험에서도 공립학교와 다른 사립학교 학생들에 견주어 늘 우수한 성적을 뽐냈다.

특히 신부 수업을 받기 위해 소신학교에 다니는 남학생들도 있었는데, 그들의 목표는 우리가 하는 사업을 위해 일하는 것이었다. 비록 그들이 신부가 되는 마지막 목표에 도달하려면 아직 멀고도 먼 길을 더 가야 했지만 그들이 소신학생이 되었다는 사실만으로도 나는 무척 자랑스러웠다.

스포츠와 소년의 집

앞서 말한 것처럼 스포츠는 소년의 집 전체 교육과정에 있어서 아주 중요한 부분을 차지했다. 무엇보다 소년의 집 축구부는 뛰어

소년의 집에 살게 되면 반드시 학교에 다녀야 했다. 소 알로이
시오 신부는 아이들이 고등학교 교육까지 무사히 마친 뒤 사
회에 나가 자립할 수 있도록 하는 것에 목표를 두었다.

달리기를 광적으로 좋아했던 소 알로이시오 신부는 40대에 마라톤 풀코스를 3번이나
완주했다. 이 때문에 소년의 집 아이들도 달리기를 무척 좋아했다. 소년의 집은 1974년
남자 육상부를 창단한 이래 각종 대회에서 우수한 성적을 거두었고, 많은 선수들이 육
상 특기생으로 대학에 진학하기도 했다. 2004년에는 여자 육상부도 창단했다.

난 실력을 보였는데, 소년의 집 고등학교 축구부는 창단 이래 전국대회에서 3번의 우승과 2번의 준우승을 차지했고, 소년의 집 중학교는 3번의 우승과 5번의 준우승을 차지했다. 더구나 국가대표 골키퍼로 지금도 많은 사람들의 사랑을 받고 있는 김병지 선수도 소년의 집 고등학교 축구부 출신이다. 특히 부산의 많은 중학교 가운데 전국대회에서 세 번이나 우승한 학교는 소년의 집 중학교가 처음이었다. 이 때문에 신문과 텔레비전은 소년의 집을 크게 소개하기도 했다.

서울과 부산에서 소년의 집 초등학교를 운영할 때는지금은 서울에만 초등학교가 있다 서울과 부산의 소년의 집 초등학교 축구팀이 각각 서울과 부산에서 우승한 적도 있다. 농구팀 역시 잘했는데, 부산 소년의 집 초등학교 농구팀은 부산에서 3년 연속 우승을 하기도 했다. 또한 소년의 집 중학교 마라톤 선수 가운데 한 학생은 전국대회에서 3등을 차지하기도 했다.

하지만 고등학생이 되면 운동 시간을 많이 줄이는 것이 소년의 집의 특별한 규칙이었다. 특히 외부 시합은 거의 중단했다. 왜냐하면 고등학교 공부를 제대로 하기 위해서는 많은 시간이 필요했고, 시합을 위해 연습을 많이 하다 보면 공부에 전념할 수 없기 때문이었다.

소년의 집에서 운영하는 공업고등학교를 졸업하고 사회에 나가 취업을 하기 위해서는 하루 10시간 이상 선반이나 밀링, 연삭기

3,400여 명이 살고 있는 필리핀 세부의 소녀의 집 모습. 소 알로이시오 신부는 1985년부터 소년·소녀의 집 사업을 필리핀과 멕시코로 넓혀 나갔다. 그리고 소 알로이시오 신부가 선종한 뒤 마리아수녀회는 과테말라와 브라질에도 소년의 집과 소녀의 집을 세웠다.

같은 기계들을 이용해 실습을 해야 했다. 그런 까닭에 고등학생이 되면 자연히 운동하는 시간을 줄일 수밖에 없었다.

한편, 학생들이 학교를 졸업해 직장을 갖고 소년의 집에서 나가 독립을 하게 되면 수입의 10%를 소년의 집에 기부할 것을 부탁했다. 그렇게 함으로써 그들이 자란 소년의 집과의 관계를 이어나가고, 또 날로 늘어나는 소년의 집 운영 경비의 일부를 부담하도록 했다. 많은 소년의 집 출신들이 그 약속을 잘 지켰고, 그것은 소년의 집 아이들에게 기쁨과 큰 희망이 되기도 했다.

판잣집 사제관에서 보낸
4년 9개월

가난한 생활은 그 자체로 소중한 경험이었다. 생활환경은 사람의 생각에 많은 영향을 미친다. 가난하게 살다 보면 가난하게 생각할 수 있고, 가난하게 느낄 수 있고, 가난한 이들과 같은 파장 속에 머물 수 있다.

1962년, 나는 송도 성당 주임신부 발령을 받았다. 그때까지만 해도 송도 성당에는 본당신부가 없었다. 본당신부가 없었으니 당연히 수녀들도 없었다.

성당에 파견되어 활동하는 수녀들의 존재는 무척 귀중하다. 교리반을 운영하고, 어린이들을 가르치고, 가정방문을 하고, 교회 예절에 있어 본당신부를 도와준다. 수녀들이 있고 없고에 따라 성당은 활력이 넘치기도 하고 그렇지 않기도 하다. 그런 까닭에 주임신부 발령을 받자마자 나는 수녀 파견을 요청하기 위해 여러 수녀원의 문을 두드렸다. 하지만 별 소용이 없었다. 그러다가 최 주교님의 도움으로 분도회 수녀 세 사람의 파견을 약속 받았다.

그런데 문제가 있었다. 수녀들이 온다고 해도 생활할 수녀원이 없었던 것이다. 성당 마당 안에 작은 수녀원을 지을 수 있는 땅은 있었지만 시간적 여유가 없었다. 당시 각 성당마다 수녀들을 원했지만 수녀회마다 파견할 수녀가 많지 않았다. 따라서 머뭇거렸다가는 파견 약속을 받은 수녀님들을 놓칠 것 같았다.

그때 성당 오른쪽 언덕에 한 가족이 판잣집을 지어 살고 있었다. 송도 성당 신자 대부분이 생활하는 판잣집처럼 루핑을 덮은 지붕에 흙벽으로 만든 볼품없는 오두막이었다. 그 집은 성당 소유의 땅 안에 있었기 때문에 다른 곳으로 이사할 돈을 주고 집을 비우게 했다. 그 판잣집을 고쳐 사제관으로 쓰고 현재 사제관은 수녀원으로 쓰게 할 생각이었다.

판잣집 사제관

판잣집에 살던 가족이 떠나고 난 뒤, 앞으로 살게 될 집을 살펴보았다. 전혀 마음에 들지 않았다. 그리고 과연 살 수 있을까 하는 생각도 들었다. 당시 한글을 가르쳐주고 내 일도 해주면서 나를 돕고 있던 다미아노 씨에게 어떻게 생각하느냐고 물어보았다.

"글쎄요, 신부님. 살겠다는 마음만 먹으면 살 수 있겠지요. 생각 나름이겠지요."

그 단순한 말에 나는 한번 살아보기로 마음먹었다. 내 계획을 알게 된 성당 신자들은 소스라치게 놀랐다. 그들이 살고 있는 집들도 그 판잣집과 전혀 다를 바 없었는데, 그들이 내뱉는 끔찍한 예언들은 나를 불안하게 만들었다. 그 판잣집에 살게 되면 폐결핵에 걸리든지 아니면 쥐가 나를 산 채로 뜯어먹을 것이라고 했다. 병에 걸리지 않고, 쥐에 먹히지 않는다고 해도 밤에 강도가 들어 내 머리통을 부수어놓을 것이라는 말도 했다.

그러나 솔직히 말해서 나를 괴롭힌 것은 그런 것들이 아니었다. 살다가 혹시 못 살겠다고 나오기라도 하면 사람들의 웃음거리가 되지나 않을까 하는 것이 걱정이었다. 하지만 절친한 동반자였던 다미아노 씨가 '마음만 먹으면 살 수 있겠지요'라고 한 말에

소 알로이시오 신부는 이 판잣집 사제관에서 1962년 8월 15일부터 1967년 5월 5일까지 4년 9개월 동안 살았다. 말로만 가난을 외쳤던 것이 아니라, 자기 스스로 철저하리만치 가난하게 살았다.

내 결심을 굳힐 수 있었다. 물론 나는 결심이라고 생각했지만 다른 사람들은 어리석은 고집이라고 여겼을 것이다. 아무튼 상관없었다.

가난하게 살면 가난하게 생각할 수 있다

손댈 수 있는 데까지 판잣집을 고쳤다. 그리고 이사를 했다. 그런대로 살아갈 만했다. 그러나 곧바로 몇 가지 곤경에 부딪히고 말았다.

첫째는 냄새였다. 똥냄새와 죽은 동물의 썩는 냄새, 흙냄새, 쓰레기 냄새, 벌레 냄새 그리고 그 모든 것들이 범벅이 된 온갖 냄새가 너무 지독해 밤에 잠을 잘 수 없었다. 밤마다 닭털 침낭을 들고 집 안 구석구석을 헤매며 신선한 공기를 찾아다녀야 했다.

그러던 어느 날, 나는 냄새의 뿌리를 찾아 없애기로 마음먹었다. 벽과 벽지 사이에서 죽은 쥐 두 마리를 찾아냈고, 화학약품을 뿌려 집 안의 냄새를 몰아냈다. 그러는 동안 나도 모르는 사이 예민했던 코는 조금씩 무디어져 갔다. 정도만 덜할 뿐 냄새는 여전했지만 예민한 반응은 많이 줄어들었다.

죽은 쥐 냄새도 문제였지만 밤에 천장 위를 뛰어다니는 요란한 쥐 소리도 큰 골칫거리였다. 한국의 쥐는 진짜 춤쟁이들이었다. 밤마다 자려고 누우면 쥐들이 활동을 시작해 머리 위에서 디스코를 추기 시작했다. 그래서 잠자리에 들기 전이면 긴 막대가 달린

빗자루를 침대 옆에 두었다가 쥐가 소란을 피우면 천장을 두드렸다. 그러면 놀란 쥐들이 잠시 동안 움직임을 멈췄다. 그렇게 나는 쥐들과 싸움을 계속했다.

또 다른 고통은 추위였다. 다른 판잣집들과 마찬가지로 연탄을 땔 때는 온돌방이었는데, 방바닥을 따뜻하게 하는 연탄은 아주 좋은 난방 연료였다. 하지만 겨울 내내 얼음같이 차가운 바람이 문틈과 벽틈 사이로 쏟아져 들어왔기 때문에 연탄으로 바닥을 따뜻하게 만들어도 실내 온도를 유지하기가 무척 어려웠다.

또 연탄은 아주 위험한 연료이기도 했는데 치명적인 일산화탄소가 발생해 해마다 수많은 사람들의 목숨을 앗아갔다. 무엇보다 저기압 상태가 되면 가스가 제대로 굴뚝을 통해 밖으로 빠져나가지 못하고 방바닥 틈으로 새어 나와 집 안을 가득 채웠는데, 연탄 가스를 마셔 혼미한 상태에서 앞문 쪽으로 넘어진 적도 있고, 술집을 나서는 주정뱅이처럼 비틀거리기도 했다.

연탄이 너무 위험하다는 것을 안 나는 대신 기름 난로를 마련했다. 그러나 기름 난로 역시 벽틈을 뚫고 들어오는 차가운 겨울 바닷바람을 막아주지는 못했다. 더구나 한번은 밤중에 난로에서 새어 나온 기름에 불이 붙어 난로 주위가 타는 바람에 큰일이 벌어질 뻔한 일도 있었다. 아무튼 판잣집의 추위는 겨울 내내 나를 고생시키고 움츠러들게 했다.

송도 성당 주임신부 시절, 사랑의 모후 쁘레시디움성당 내 신심단체 단원들과 함께 천마산으로 야외 행사를 갔을 때의 모습. 나무 한 그루 없는 천마산 모습이 당시의 암울했던 대한민국을 잘 말해주고 있다.

마지막 고통은 재래식 변소였다. 변소는 방문에서 6미터쯤 떨어진 마당 끝에 있었다. 공중전화 박스 크기의 변소였는데, 세월이 지나면서 마음에 들기도 한 공간이었다.

네 벽이 나무판자로 되어 있고, 똥통 위에는 꼭 필요한 곳에 구멍이 뚫린 판자가 불안하게 놓여 있었다. 그 위에 올라앉으면 판자가 흔들거려 몸을 안정시키는 데 꽤 공을 들여야 했다.

지금도 생생히 기억하지만 장마철에 변소에 가려면 상당한 용기가 있어야 했다. 바람이 세게 불고 비가 엄청나게 쏟아지는 날이 가장 힘들었다. 송도 성당은 언덕 위에 있었는데, 내가 살던 판잣집은 성당보다 더 높은 곳에 있었기 때문에 송도의 유명한 바닷바람이 아래쪽에서 위쪽으로 세차게 불어올 때면 우산이 아무 소용없었다. 그러다보니 방문을 열고 앞을 노려보고 서 있다가 이미 진창이 되어버린 6미터의 마당을 쏜살같이 가로질러 변소 안으로 뛰어 들어가야 했다. 그리고 흔들거리는 판자 위에서 몸의 위치를 잡아야 했다.

여기까지는 만사 오케이였다. 그러나 웅크리고 앉자마자 머리 위에는 빗물이 똑똑 떨어지고 판자로 된 변소 벽이 곧 쓰러져버릴 것처럼 흔들거리면 여간 불안하지 않았다.

그 다음에 눈은 자동적으로 휴지를 놓아둔 곳으로 향했다. 그러나 있어야 할 두루마리 휴지는 늘 없었다. 도둑이 훔쳐갔던 것이다. 너무나 난감한 상황이 아닐 수 없었다.

쥐 소동도, 겨울 추위도, 연탄의 치명적인 독가스도 견딜 수 있었지만 휴지가 없으면 참으로 난감했다. 휴지 도난 사건은 되풀이해서 일어났는데, 휴지 도둑에 대한 미스터리는 도저히 이해할 수 없었다.

휴지는 결코 사치품이 아니었다. 국산이 아닌 외제이긴 했지만 시장에서 쉽게 구할 수 있었다. 당시만 해도 대부분의 한국 사람들은 신문지를 이용해 뒷마무리를 했다. 하지만 나는 도저히 그렇게 할 수 없어 두루마리 휴지를 계속 사용해왔다. 그런데 누군가가 내 변소에 몰래 들어와 계속해서 휴지를 훔쳐갔던 것이다. 이 때문에 내가 얼마나 당황해야 했는지 모른다.

이것이 판잣집에서 살면서 경험한 가난한 생활에 대한 이야기들이다. 가난한 생활은 그 자체로 소중한 경험이었다. 사실 생활 환경은 사람의 생각에 많은 영향을 미친다. 가난하게 살다 보면 가난하게 생각할 수 있고, 가난하게 느낄 수 있고, 가난한 이들과 같은 파장 속에 머물 수 있다.

은총의 시간이 된 판잣집 생활

나는 송도 성당의 판잣집에서 1962년 8월 15일부터 1967년 5월 5일까지, 마리아수녀회와 아동복지사업의 초기 본부가 된 건물을 지어 송도 성당을 떠날 때까지 4년 9개월 동안 살았다.

소 알로이시오 신부는 틈만 있으면 아이들과 놀아주고 응석을 받아주었다. 사람들은 버릇없이 구는 아이는 타일러야 한다고 했지만 소 알로이시오 신부는 아이들을 타이를 생각이 전혀 없었다. 대신 어떻게 하면 아이들을 잘 교육시킬지 늘 그런 생각만 했다.

소 알로이시오 신부는 송도 성당의 판잣집 사제관에서 나온 뒤 마리아수녀
회 안에 작은 사제관을 지어 생활했는데, 그 사제관 역시 10평 남짓 좁은 사
제관이었다. 사무실과 거실을 겸한 침실과 주방 겸 식당방이 전부였다.

그 판잣집에서 사는 동안 한국의 가난한 사람들과 그리스도의 가난에 관한 책인 《굶주린 자와 침묵하는 자》를 썼고, 마리아수녀회도 창설했다. 또 가난한 이들을 위한 사회적 사도직도 시작했다. 물론 판잣집 생활이 이 사업들을 위해 필수적인 것은 아니었다. 하지만 내 사업에 큰 도움을 준 것은 사실이다.

판잣집은 외부 사람들로부터 나를 보호해주기도 했다. 날이 갈수록 한국자선회에는 많은 돈이 들어왔다. 복지사업을 위해 큰 액수의 돈을 관리한다는 소문이 한국 천주교회 안에 퍼졌다. 많은 사람들이 많은 사업계획서를 들고 나를 찾아왔다. 모두들 돈을 필요로 했다. 주교들, 신부들 그리고 수도자들이었다.

그들이 가지고 온 많은 사업계획서 가운데는 계획성이 없거나 엉터리도 많았다. 책상 하나, 의자 하나 그리고 작은 책장 하나가 겨우 들어가는 인형의 집 같은 내 사무실은 쓸모없는 사업계획서를 갖고 오는 사람들의 요청을 거절하는 데 안성맞춤이었다. 돈을 얻으려고 나를 찾아왔던 많은 방문객들은 내가 사는 모습을 보고는 도움을 청하려는 의욕을 스스로 꺾고 말았던 것이다.

판잣집 생활은 또 다른 면에서 나를 보호해주었다. 그때만 해도 한국에서는 구호품에 대한 수많은 협잡이 있을 때였다. 많은 구호품을 가졌거나 많은 액수의 구호금을 관리하는 사람은 세상 사람들의 이목의 대상이 되었다. 그러다보니 내게도 많은 사람들의 이목이 쏠렸는데, 자연히 내가 돈을 엉뚱한 곳에 쓰거나 떼어 먹지나 않는지 의심할 수도 있었다. 그러나 내 생활 모습은 그런 생각을 용납하지 않았다.

당시 성당 신자들은 대부분 이른바 구호물자 신자들이었다. 많은 사람들이 성당에서 나눠주는 옥수수가루, 밀가루, 분유, 헌 옷을 얻기 위해 영세를 하고 신자가 되었다. 그런 사람들 가운데는 공짜를 좋아하는 심리를 갖고 있는 사람들도 많았다. 그들은 자신들의 본당신부가 큰 액수의 구호금을 갖고 있다는 사실을 알게 되었을 때, 그 돈에는 으레 자신들의 몫도 있다고 생각해 내게 그 권한을 주장하고 싶었을 것이다. 하지만 그들은 내가 사는 모습을 보고 무모한 요구를 하지 않았다. 만일 내가 호사스런 환경에서 살았더라면 그들은 틀림없이 엉뚱한 요구를 했을 것이고, 거절하기는 무척 어려웠을 것이다.

반면에 판잣집 생활은 부정적인 면도 있었다. 본당 신자들 가운데는 자신들의 체면이 구겨졌다고 생각하는 사람들이 있었다. 그들은 본당신부가 제정신이 아니라고 웃기도 하고 못 본 체하기도 했다. 동료 신부들의 반응도 마찬가지였다. 어떤 성당의 주임신부는 내 생활을 혹평했다. 내 생활이 마치 그들의 생활을 질책하는 것같이 보였기 때문인 듯했다. 또 어떤 신부는 내가 사는 집을 원숭이 우리라고 부르기도 했다.

"소 신부, 왜 당신은 다른 신부들처럼 생활하지 않소? 도대체

소년의 집 고등학생들의 도움을 받아 계단을 내려오는 소 알로이시오 신부. 59세가 되던 1989년, 소 알로이시오 신부는 온몸의 근육이 마비되는 불치병인 루게릭병 진단을 받았다. 그때부터 몸은 점점 마비되어 갔고, 결국 1992년 3월 16일 필리핀 소녀의 집에서 숨을 거두었다.

무엇을 증거하려는 거요? 왜 본당신부의 역할을 제대로 할 수 있는 환경에서 생활하지 않는 거요?"

나는 판잣집 생활을 통해 무엇을 증거한다거나 누구에게 교훈을 주려는 뜻은 조금도 없었다. 그래서 그들의 지적에 상당히 당황하기도 했다. 하지만 판잣집 생활은 긍정적인 면이 부정적인 면보다 무게를 달면 훨씬 무거웠다. 그래서 나는 그 생활을 계속했던 것이다. 그리고 결과적으로 판잣집 생활은 내게 빛과 은총의 생활이었다.

여전히 살아계신 신부님

글·박우태

신부님의 발

　1963년 1월 아주 추운 겨울날 아침이었다. 신부님과 함께 연탄 난로에 거의 닿을 정도로 바짝 붙어 앉아 한글 공부를 하고 있었는데, 연탄난로의 열기에 얼어 있던 발바닥이 녹으면서 가렵기 시작했다.

　가려움이 점점 심해져 도저히 참을 수가 없던 나는 무심코 두 발을 서로 비비기 시작했다. 그 모습을 보고 신부님은 왜 그러느냐고 물었다. 나는 동상에 걸린 발이 열을 받아 몹시 가려워 비빈다고 했다.

　당시 신부님 침실과 내 방에는 연탄난로가 있었지만 성당 안과 사제관 복도는 완전히 냉골이었다. 그때만 해도 실내 슬리퍼가 없던 시절이라 얇은 양말만 신은 채 차가운 마루를 걸어 다니다 보니 동상에 걸렸던 것이다.

내 이야기를 듣고 잠시 말이 없던 신부님은 양말을 벗어 자신의 발을 보여주었다. 동상은 초기에는 선홍색을 띠다가 심해지면 검붉은색을 띠는데, 신부님의 발은 아주 검붉은색을 띠고 있었다. 나는 너무 놀라고 말았다. 신부님은 말없이 다시 양말을 신었다. 그리고 우리는 아무 일도 없던 것처럼 한글 공부를 계속했다.

겨울에 난방 온도를 지나치게 높여 실내 온도를 낮추기 위해 에어컨을 틀 정도로 풍요로운 미국에서 신부 생활을 하는 대신, 발에 동상이 걸릴 만큼 지독히 춥고 가난한 나라 한국에 와서 살기로 결심한 신부님은 추위 때문에 말할 수 없는 고통을 당하면서도 전혀 내색하지 않고 한국 생활을 해나갔던 것이다.

신부님의 소박한 밥상

신부님은 평생 지극히 간소한 음식을 먹은 것으로 유명하다. 단 한 번도 과식을 하거나 음식을 탐낸 적이 없다.

처음 신부님이 한국에 왔을 때 신부님에게 한국말도 가르치고 비서 역할을 했던 나는 늘 신부님과 아침 식사를 같이 했는데, 신부님은 언제나 손수 준비한 삶은 계란 한 개와 버터와 잼을 바른 토스트 한 조각을 커피와 함께 먹었다. 점심 역시 간소했다. 땅콩 버터를 바른 빵 한 조각과 '탱'이란 상표가 붙은 인스턴트 오렌지 가루를 물에 타서 만든 주스 한 잔이 전부였다.

이런 간소한 식사는 훗날 루게릭병으로 자리에 눕기까지 30여 년 동안 변하지 않았다. 다만 마리아수녀회가 창설되고 소년의 집 사업이 본격화되었을 때부터는 저녁 식사는 수녀님들이 준비

해주는 것으로 먹었다. 이때도 맑은 야채 수프나 소고기 수프에 밥 한 공기와 생선 한 토막 아니면 육고기 한 조각과 약간의 야채와 과일이 전부였다.

한국 생활 초창기에 신부님이 유일하게 미국 음식을 즐긴 곳은 당시 부산항 3부두에 있던 미국선원클럽US Seamen's Club이었다. 군수물자를 싣고 온 미국 상선의 선원들이 배에서 내리면 식사도 하고 술도 마실 수 있도록 미국 정부에서 운영하던 선원 전용 식당이었다.

당시 신부님과 나는 1주일에 한 번 또는 2주일에 한 번 정도 그곳에 갔는데, 신부님이 가장 좋아했던 메뉴는 철판에 살짝 구운 치즈를 넣은 샌드위치와 코카콜라였다. 소식小食을 하는 신부님에게는 미안했지만 나는 늘 햄버거 두 개와 코카콜라를 먹었고, 신부님은 그릴치즈 샌드위치를 먹었는데 그것이 신부님이 한국에서 먹는 유일한 미국 음식이었다.

그때만 해도 월요일이 되면 부산 교구에서 사목하던 미국 메리놀회 신부님들은 서면에 있는 미군 부대에 가서 소고기 스테이크를 포함한 각종 미국 음식을 즐겨 먹었지만 신부님은 결코 그곳에 가지 않았다.

스포츠를 좋아한 신부님

신부님은 미국인치고는 몸집이 작은 편인데다가 끊임없는 운동과 엄격하리만큼 검소한 식생활로 호리호리한 몸집을 유지했다. 운동에 대한 집착은 신부님 스스로 인정하셨듯이 어느 정도 광적이었다.

특히 장거리 달리기가 그랬는데, 신부님은 달리기에 중독이 되었는지 하루라도 달리지 않으면 몸이 개운하지 않다고 했다. 신부님은 소신학생 때부터 달리기 선수였는데, 신부님의 달리기는 루게릭병에 걸려 더 이상 달릴 수 없게 된 1990년까지 계속되었다.

엄청난 규모의 구호사업을 운영하면서, 또 수도회를 이끌면서 생각하고 판단해야 할 수많은 어려운 문제들 때문에 생기는 스트레스를 신부님은 달리기로 풀었다. 달리는 동안 스트레스도 풀고, 머릿속으로 여러 사업을 검토 평가하고, 새 사업을 구상하기도 하고, 기도도 했다고 한다.

신부님은 소년의 집 아이들에게도 달리기를 권장했고, 소년의 집 고등학생들과 함께 마라톤 풀코스를 세 번이나 완주하기도 했다. 달리기뿐 아니라 교직원들과 함께하는 축구 시합에도 즐겨 참가하였고 테니스도 좋아했다.

신부님은 수영도 광적으로 좋아했다. 부산 감천만 일대가 개발되어 오염되기 전에는 바닷물이 무척 깨끗하고 주위 경치도 아름다웠는데, 신부님은 4킬로미터가 넘는 감천만을 헤엄쳐 건너갔다가 돌아오곤 했다.

한번은 작은 배를 타고 감천만을 건너던 어떤 사람이 만 깊숙한 곳에서 헤엄치는 사람을 보고 깜짝 놀라 고함을 지르며 부지런히 노를 저어 갔다고 한다. 그런데 가까이 가서 보니 갈색머리에 갈색 눈을 한 외국 사람이 여유 있게 헤엄치고 있는 것을 보고 크게 놀랐다고 한다. 그 사람에게 신부님이 한국말로 걱정 말고 돌아가라고 했더니 한 번 더 놀라더라는 이야기를 신부님에게 듣기도 했다.

또 한번은 신부님과 직원들이 감천 바닷가에 소풍을 간 일이 있다. 그런데 바다에 들어간 신부님은 좀체 나올 생각을 하지 않았다. 평영을 하다가 지치면 배영으로 쉬기를 몇 번이나 되풀이

하였다. 참으로 수영의 달인이 아닐 수 없었다.

신부님은 소년의 집 학생들에게 자신감과 자부심을 심어주기 위해 외부 학교와 운동 시합을 많이 할 것을 권장하기도 했다. 그리고 소년의 집 학생들의 축구 시합이나 육상 경기가 있을 때면 일부러 시간을 내어 응원을 갔다. 응원을 너무 열심히 하다 보니 서울과 부산의 축구계와 육상계 사람들치고 신부님을 모르는 사람이 없을 정도였다. 신부님은 승리에 대한 집착도 대단했다. 혹시 심판이 판정을 잘못 하기라도 하면 큰 소리로 항의를 했다.

신부님의 이런 정성은 좋은 환경을 만들어주고 따뜻한 사랑을 베풀어주어도 부모의 사랑을 받지 못하는 아이들이 가질 수 있는 열등감을 운동 경기를 통해 없애주려는 배려에서 나온 것이었다.

'A sound mind in a sound body 건전한 신체에 건전한 정신'이란 말이 있다. 이 말은 딱 신부님을 두고 한 말 같다. 신부님이 살아계실 때 보여준 불굴의 정신과 불굴의 행동은 신부님의 건전한 신체에서 나왔기 때문이다. 깡말랐지만 단단한 몸을 가졌던 신부님은 언제나 수정같이 맑은 정신으로 하는 일마다 훌륭한 판단을 내리고, 천근만근 무거운 고민거리가 자신을 짓눌러도 순간순간 재치와 유머로 주위 사람을 놀라게 하고 웃기기도 했다. 그렇게 신부님은 주위 사람들에게 너무나 많은 것을 주고 가셨다.

1등석을 탄 신부님

신부님은 1980년대 중반부터 소년의 집 사업을 필리핀과 멕시코로 넓혔기 때문에 엄청난 액수의 돈을 모금하고 집행해야 했다. 그러다보니 사업의 규모나 사용하는 돈을 보면 세계적 기업을 운영하는 회장에 견줄 수 있었다.

그렇지만 신부님의 생활은 지극히 검소했다. 부산과 서울, 마닐라, 세부, 멕시코의 소년의 집에는 각각 신부님이 머무는 사제관이 있었는데, 한결같이 10평 남짓의 작은 공간에 침실과 사무실, 식당을 겸하고 있었다. 그 작은 사제관에서 신부님은 평생을 살았다.

승용차도 처음에는 소형 브릿사를 타다가 뒤에 맵시를 직접 운전했고, 다른 사람이 운전할 경우에도 결코 뒷자리에 앉는 법 없이 운전하는 사람 옆에 앉았다. 또 직원과 같이 여행을 할 때도 자신의 가방은 손수 들었다. 결코 다른 사람이 들도록 하지 않았다. 그러다보니 외국 출장을 갈 때도 비행기는 늘 이코노미클래스만 탔다. 그런데 딱 한 번 독일 프랑크푸르트로 가던 출장길에서 상상도 못할 대한항공 1등석 승객이 된 일이 있다.

1982년 8월 어느 날, 신부님은 모금 사업 때문에 독일 프랑크푸르트로 가기로 되어 있었다. 그때 비행기 출발 시각이 오후 1시 30분이었는데, 비행기를 타려면 아무리 늦어도 12시에는 서울 소년의 집에서 떠나야 했다. 그런데 신부님은 시간을 착각해 1시가 다 될 때까지 떠나지 않고 있었던 것이다. 그러다가 깜짝 놀란 신부님과 나는 비행기 이륙 시각을 겨우 30분 남겨놓고 김포공항으로 달려갔다.

김포공항 국제선 터미널 카운터에 도착한 것은 비행기 이륙 15분 전이었다. 그때만 해도 지금처럼 교통량이 많지 않았고, 마침 일요일이라 소년의 집이 있는 응암동에서 15분 만에 김포공항에 도착할 수 있었다.

이미 승객들은 모두 자리를 잡고 앉은 상태였고, 비행기는 이륙 준비를 하고 있었다. 깜짝 놀란 카운터 책임자는 무전기로 급히 비행기에 연락해 출입문을 닫지 말라고 전한 뒤 이코노미클래스에서 빈자리를 찾기 시작했다. 그런데 시간이 너무 촉박하다 보니 빈 좌석이 많은 1등석 자리를 지정해주면서 빨리 탑승 게이트로 가라고 했던 것이다. 그렇게 해서 이코노미클래스 표를 가지고 있던 신부님이 처음으로 1등석을 타게 되었다.

신부님은 그 뒤 미국 워싱턴을 거쳐 10일 만에 돌아왔다. 나는 김포공항으로 마중을 나가 신부님과 함께 소년의 집으로 돌아왔다. 그런데 돌아오는 차 안에서 신부님은 내게 서울 시청에 갈 일이 있으면 보건사회국장을 찾아가서 자신이 어떤 이유로 1등석을 타게 되었는지 설명을 해주라고 했다.

생전 처음 1등석 칸에 허둥지둥 들어서는데 신부님 얼굴을 알아본 서울시 보건사회국장이 인사를 했다는 것이다. 신부님은 왜 자신이 1등석을 타게 되었는지 설명해주고 싶었는데 그럴 기회가 없어 그냥 독일까지 가고 말았는데, 가난한 사람들을 위한 사회사업을 한다는 신부가 1등석에 앉아 가는 것이 무척 마음에 걸렸던 것이다.

신부님은 말년에 루게릭병으로 온몸이 마비되었을 때를 제외하고는 이코노미클래스 이상의 좌석으로 미국이나 유럽을 여행한 일이 단 한 번도 없다. 신부님이 해외 여행을 갈 때마다 항공사에 좌석을 예약하고 비행기표 발권을 내가 모두 해주었기 때문에 너무나 잘 아는 사실이다. 이처럼 신부님은 말로만 가난한 생활을 강조하신 것이 아니라 실제로 가난하게 사셨던 분이다.

신부님의 새 양복

마리아수녀회가 위탁 운영하는 '서울시립 은평의 마을' 생활
관 건물을 짓는 데 1백만 달러를 기부한 도티 씨 부부가 대학을
갓 졸업한 둘째 아들 빌을 데리고 1984년 5월 준공식에 참석한
적이 있다. 도티 씨 부부는 미국 뉴욕에 사는 큰 부자로, 신부님
사업의 으뜸가는 후원자였다. 그런 도티 씨 부부였지만 지극히
검소해 서울에 올 때면 이태원에 들러 유명 상표가 붙은 모조품
사는 것을 좋아했다. 그래서 이태원에 대해서는 웬만한 서울 사
람보다 더 잘 알고 있었다.

준공식에 참석하기 위해 한국에 왔던 그때도 도티 씨 부부는
고급 양복점 대신 이태원에 있는 한 소박한 양복점에서 자신과
아들의 양복을 맞출 계획을 갖고 있었던 모양이다.

준공식이 끝난 다음, 도티 씨는 신부님에게 양복을 한 벌 맞춰 주고 싶다며 함께 이태원으로 가자고 했다. 도티 씨는 신부님이 입고 있던 양복이 10년도 더 된 낡은 양복이라는 것을 알아챘던 것이다. 하지만 신부님은 은인 중에서도 최고의 은인인 도티 씨의 호의를 마다하고, 입고 있는 양복으로 만족한다면서 사양하고 또 사양했다. 신부님은 구두나 양복을 맞춰 입는 분이 아니었고, 필요하면 기성화나 기성복을 사서 입었다. 하지만 도티 씨가 계속 권유하자 신부님은 도티 씨의 마음이 상할까봐 결국에는 호의를 받아들였다.

아무튼 신부님은 마지못해 도티 씨를 따라 이태원의 양복점에 가서는 옷을 맞췄다. 다음날 도티 씨와 아들 빌은 다시 양복점에 가서 가봉을 끝내고, 우편으로 양복을 보내줄 것을 부탁하고는 미국으로 떠났다. 며칠 뒤 신부님도 가봉하러 오라는 연락을 받았지만 가지 않았다. 그리고 그 양복은 내가 찾아와야 했다.

신부님은 좋은 옷, 맛있는 음식, 편안한 잠자리 등 물질적인 것에는 거의 관심이 없었다. 엄청난 규모의 구호사업을 몇 개 나라에서 동시에 운영하면서 엄청난 액수의 돈을 관리했지만, 정작 본인은 지극히 검소해 지갑에는 늘 2만 원 정도의 현금만 갖고 다녔고, 외국 출장을 갈 때도 2백 달러 정도만 갖고 나갔다. 물론 신용카드 같은 것은 결코 가진 적이 없는 분이었다.

신부님의 아버지

신부님의 가족은 일찍 돌아가신 어머니를 비롯해 아버지와 위로 형과 누님 그리고 네 명의 여동생이 있었다. 신부님은 60회 생일을 맞으면서 "한국에서는 33년 동안 살았고, 미국에서는 겨우 23년밖에 살지 않았다."고 하셨다. 미국보다 한국에서 10년을 더 오래 산 셈이었다.

그렇게 오랫동안 한국에서 살았지만 신부님은, 젊어서 상처하여 홀로 7남매를 키운 아버지를 한국에 모셔와 자신의 사업을 구경시켜 드리거나 자랑한 일이 한 번도 없다. 구호사업을 위해 모금한 돈을 특별한 이유 없이 개인적으로 써서는 안 된다는 생각을 갖고 있었던 것이다.

신부님은 거의 해마다 모금 사업 때문에 1주일 내지 10일 정도 미국 워싱턴에 있는 모금 사무실로 출장을 갔는데, 그때마다 일정이 바빠 아버지와는 겨우 한 번 같이 식사하는 정도였고, 잠은 주로 수도원에서 잤다.

한번은 신부님의 아버지가 불평하며 "혼자 사는 이웃 부인의 아들 신부는 매주 어머니를 찾아와 하루 낮과 밤을 지내고 가는데 내 아들은 1년 만에 와서도 겨우 밥 한 번 같이 먹을 정도로 바쁘니 섭섭하구나."라고 했다고 한다. 아버지의 이야기에 충격을 받은 신부님은 미안한 마음이 깊이 들어 그 뒤부터는 아버지와 함께 하룻밤을 지냈다고 한다.

사실 신부님의 아버지는 모금 사업을 도운 보이지 않는 협조자였다. 초창기에 최재선 주교님과 미국 전역을 돌며 모금 운동을 할 때도 신부님은 아버지 집을 모금 운동 본부로 삼았다.

이처럼 신부님에게 있어 아버지는 일찍이 사제성소를 일깨우게 한 공로자이며, 구호사업의 발판을 마련하는 데 결정적인 도움을 준 분이었다. 그런 아버지를 단 한 번도 한국에 모시지 않았다는 것은 그만큼 공과 사를 정확히 구분하는 신부님의 강직함을 엿볼 수 있게 하는 대목이라 할 수 있다.

소 알로이시오 몬시뇰(Rev. Aloysius Schwartz 1930.9.18~1992.3.16)

1930년 9월 18일 미국 워싱턴에서 태어남.

1957년 6월 29일 사제 서품을 받고, 그해 12월 한국에 들어와 부산교구 소속 신부가 됨.

1961년 모금 단체인 한국자선회Korea Relief.Inc를 만듦. 지금은 아시아자선회Asian Relief.Inc로 이름을 바꿈.

1962년 부산 교구 송도 성당 주임신부로 발령 받음.

1963년 가난한 사람들을 위한 손수건 자수 자조 사업을 펼침. 1969년까지 계속된 이 사업에 2천여 명의 가난한 부녀자들이 참여해 큰 혜택을 받음.

1964년 〈마리아수녀회〉를 창설하고, 가족 단위 고아원을 만듦.

1966년 가난한 사람들이 모여 살던 부산 아미동에 무료 진료소를 세움.

1967년 부산 암남동과 보수동에 추가로 무료 진료소 두 곳을 세움. 구호사업에 전념하기 위해 송도 성당 주임직을 그만둠.

1968년 가난한 사람들을 위한 무료 교육기관인 '아미고등공민학교'를 세움.

1969년 부산시로부터 '행려환자구호소'를 인수해 운영함.

1970년 부산 서구 암남동에 첫 소년의 집 사업을 시작하여 갈 곳 없는 200명의 아이들에게 안식처와 교육을 제공. 그리고 부산 암남동에 120개 병상 규모의 국내 최초의 무료병원인 '구호병원'을 세움.

1973년 부산 소년의 집 개원과 동시에 소년의 집 초등학교(1976년, 서울 소년의 집 초등학교에 병합)를 세움.

1974년 부산 소년의 집 중학교(1999년, 알로이시오 중학교로 교명 바꿈)를 세움.

1975년 서울 소년의 집과 초등학교(1999년, 알로이시오 초등학교로 교명 바꿈)를 세움.

1976년 부산 소년의 집 기계공업고등학교(1999년, 알로이시오 전자기계고등학교로 교명 바꿈)를 세움.

1981년 부랑인 시설인 '서울시립갱생원'을 위탁받아 운영하기 시작(현재 이 시설은 생활자의 건강 유형에 따라 부랑인 복지시설, 중증장애자 복지시설, 정신요양 시설로 나뉘어져 있음). 부랑인들에 대한 봉사를 위한 수도회인 '그리스도회' 창설.

1982년 서울 소년의 집 안에 120개 병상 규모의 무료 병원인 '도티기념병원'을 세움.

1985년 소년의 집 사업 필리핀으로 진출.

1986년 필리핀 마닐라 산타 메사 소년의 집과 소녀의 집을 세움(정원:3,500명).

1989년 3년 시한부의 루게릭병 진단을 받음.

1990년 필리핀 세부 딸리사이 소년의 집과 소녀의 집을 세움(정원:3,000명).

1991년	필리핀 카비테 실랑 소년의 집을 세움(정원:3,200명).
	멕시코 찰코 소년의 집과 소녀의 집을 세움(정원:2,100명).
1992년	3월 16일, 마닐라 산타 메사의 소녀의 집 사제관에서 돌아가심. 1990년 교황청으로부터 고위 성직자임을 뜻하는 몬시뇰 칭호를 받은 소 신부는 선종 뒤, 시복시성 후보자로 올라 '하느님의 종'의 칭호를 받음.

마리아
수녀회
마리아수녀회는 소 알로이시오 신부가 선종한 뒤 그 뜻을 이어받아 한국과 필리핀, 멕시코, 과테말라 그리고 브라질에 의료시설과 정규교육 기관을 갖춘 소년의 집과 소녀의 집을 세워 운영하고 있으며, 약 2만 명의 가난한 어린이와 청소년들이 무료 기숙교육을 받고 있다. 현재 마리아수녀회는 소년 · 소녀의 집 사업 말고도, 무료병원과 노숙자를 위한 보호소와 자활교육 기관, 가난한 사람들을 위한 직업 훈련원, 미혼모 보호시설 등을 운영하면서 가난한 사람들에 대한 그리스도의 사랑을 몸으로 실천하고 있다.

1995년	필리핀 세부 밍라닐라 소년의 집을 세움(정원:2,000명).
1997년	과테말라 소녀의 집(정원:500명)과 가난한 사람들을 위한 마리아의원을 세움.
1998년	멕시코 과달라하라 소년의 집을 세움(정원:3,200명).
2001년	과테말라 소년의 집을 세움(정원:600명).
2002년	브라질 브라질리아 소녀의 집과 마리아의원을 세움.
2004년	필리핀 까비테 실랑 아들라스 소년의 집을 세움(정원:3,200명).
2007년	멕시코 찰코 탁아소와 성인들을 위한 직업 교육실을 세움.
2008년	과테말라 알로이시오 탁아소와 성인들을 위한 직업 교육실을 세움.
2009년	'마리아수녀회 구호병원'을 '알로이시오 기념 병원'으로 이름을 바꿈.
2010년	'서울시립소년의 집'을 '서울특별시 꿈나무 마을'로 이름을 바꿈.
	부산 알로이시오 초등학교를 세움.
2011년	부산 알로이시오 힐링센터를 세움.
	온두라스에서 소년의 집 기공식을 함.
	필리핀 밍라닐니아 마리 도티 기념 진료소가 진료를 시작함.
2015년	1월 22일 가경자(Venerable, 可敬者) 선포됨.

필리핀 마닐라 산타 메사 – 소년의집 (1987~)

필리핀 마닐라 산타 메사 – 소녀의집 (1987~)

필리핀 가비떼 실랑 비가 – 소년의집 (1991~)

필리핀 가비떼 실랑 아들라스 – 소년의집 (1991~)

필리핀 세부 밍라닐라 – 소년의집 (1995~)

필리핀 세부 탈리사이 – 소녀의집 (1990~)

소 알로이시오 신부가 선종한 뒤, 마리아수녀회는 그 뜻을 이어받아 한국과 필리핀, 멕시코, 과테말라 그리고 브라질에 의료시설과 정규교육 기관을 갖춘 소년의 집과 소녀의 집을 세워 운영하고 있으며, 지금도 약 2만 명의 가난한 어린이와 청소년들이 무료 기숙교육을 받고 있다.

브라질 산타마리아 – 소녀의집 (2002~)

브라질 마리아의원 (2002~)

멕시코 찰코 – 소년 · 소녀의집 (1991~)

멕시코 과달라하라 – 소년의집 (1999~)

과테말라 – 소녀의집 (1999~)

과테말라 – 소년의집 (2001~)

여기 있는 형제 가운데 가장 보잘것없는 사람 하나에게
해준 것이 바로 나에게 해준 것이다.(마태 25:37~40)

책을 만드는 내내
이 글귀가 머릿속에서 떠나지 않았습니다.

소 알로이시오 신부님은 가난하고 보잘것없는 사람들 가운데 계시는
그리스도를 보았고, 평생 그들을 그리스도로 대하며 살았습니다.
신부님의 이런 정신은 지금도 마리아수녀회를 통해 이어지고 있고,
이 책을 읽는 많은 분들을 통해서도 이어질 것입니다.

이 책은 많은 분들의 수고로 만들어졌습니다.
귀한 원고를 써주신 돌아가신 소 알로이시오 신부님과
출판을 허락해주시고, 오늘도 가난하고 보잘것없는 사람들에게
그리스도의 사랑을 실천하고 계시는 마리아수녀회 수녀님들,
그리고 신부님의 글을 고운 우리말로 옮겨주신 박우택 선생님께
깊은 고마움을 전합니다.

이 책을 팔아 생기는 수익금 가운데 일부는
크고 작은 시민단체와 가난한 이웃들을 위한 복지 기관에 기부해
더 나은 세상을 만드는 데 쓰일 것입니다.

-책으로여는세상-